YIBAI NIAN QIAN DE "00 HOU":
TAMEN HEYI CHENG DASHI

一百年前的『00后』：
他们何以成大师

 时代出版传媒股份有限公司
安徽文艺出版社

宫 礼◎著

　　宫礼，高级编辑，硕士，曾就读于清华大学EMBA媒体班。嗜读书，喜写字，常看世界。先后任安徽大学硕士生导师、安徽省网络媒体协会轮值会长等。曾获国家级、省级新闻奖120余项，获评"读者最喜爱的记者""读者最喜爱的新闻报道奖"等称号或奖项，多次受到中央网信办、国家新闻出版总署、安徽省委省政府表彰。安徽省"六个一批"青年拔尖人才，2008年北京奥运会火炬手培训师，安徽省预防艾滋病宣传大使。先后深入可可西里核心区、南极科考站等从事采访、志愿工作。曾于人民网和《人民日报》《诗刊》《新安晚报》等媒体发表新闻、文学、评论等作品500多万字。

YIBAI NIAN QIAN DE "00 HOU":
TAMEN HEYI CHENG DASHI

一百年前的"00后"：他们何以成大师

宫 礼 ◎ 著

时代出版传媒股份有限公司
安徽文艺出版社

图书在版编目（CIP）数据

一百年前的"00后"：他们何以成大师/宫礼著. —合肥：安徽文艺出版社，2023.6（2023.10 重印）
ISBN 978-7-5396-7760-6

Ⅰ. ①一… Ⅱ. ①宫… Ⅲ. ①名人－生平事迹－中国－20 世纪－青少年读物 Ⅳ. ①K820.6-49

中国国家版本馆 CIP 数据核字(2023)第 071018 号

出 版 人：姚 巍	责任编辑：宋潇婧
装帧设计：张诚鑫	内文绘图：程一琳　赖雯洁

出版发行：安徽文艺出版社　　www.awpub.com
地　　址：合肥市翡翠路 1118 号　　邮政编码：230071
营 销 部：(0551)63533889
印　　制：安徽联众印刷有限公司　(0551)65661327

开本：880×1230　1/32　印张：8.125　字数：160 千字　插页：16
版次：2023 年 6 月第 1 版
印次：2023 年 10 月第 2 次印刷
定价：48.00 元

(如发现印装质量问题，影响阅读，请与出版社联系调换)

版权所有，侵权必究

写在前面的话

天才滚滚而来,群星交互璀璨。

时局动荡,社会嬗变,20世纪的中国,有着最深的痛与苦,更有着最伟大的觉醒与变革。新旧思潮的碰撞,传统与现代的交织,构成了一幅幅波谲云诡的画卷。铺陈这底色的,有真的猛士,有埋头苦干的人,有拼命硬干的人,有为民请命的人,有舍身求法的人……他们都是中华民族最闪亮的坐标。

在前所未有之大变局中,中国思想界、文化界、学术界有这样一群人:他们虽无梁启超、蔡元培、李大钊、鲁迅、胡适、徐志摩、林徽因等大家至高无上之名望,甚至湮灭于历史的烟尘中,为后侪所遗忘,但他们用自己的学识、才情、智慧、道德、担当,在各自的领域内做出了开创性的探索,以自身的风度、风华、风骨、风流,成就了煌煌人生,从而在中国近现代史中写下了自己的篇章。

比如：

"中国近代以来惟一能够左手娴熟于人文，右手精通于数理的旷世通才"顾毓琇，"汉语拼音之父"周有光，"中国的霍金"高士其，"湍流模式理论之父"、世界四大力学家之一的周培源，"中国非汉语语言之父"李方桂，"鲁迅之外描写旧社会最成功的一位""未名四杰"之一的台静农，鲁迅为其书写碑文的韦素园，"中国革命文学的开山祖"蒋光慈，"中国的济慈"朱湘，"中国都市社会学第一人"吴景超，"世界上最后一个彻底的逻辑经验主义者"洪谦，被朱镕基赞为一代宗师的陈岱孙，连续两年入围诺贝尔文学奖的沈从文，"清华四剑客"之一、"五四以来乡土方言小说第一人"的吴组缃，"中国的拜伦"梁宗岱……

"义理存乎识，辞章存乎才，征实存乎学。"他们追求真理、向往美好。他们曾经闪耀过的光芒，映射着中华民族的抗争与奋起、彷徨与警醒，见证着一个民族从晦暗走向辉煌，从苦难走向复兴。他们无数次的抗争、无数声的呐喊、无数的勠力与同心、无数的牺牲与奉献、无数的智慧与启迪，汇聚成伟大征程中的每一步，最终镌刻成中华民族的成长年轮。

他们如一颗颗星、一盏盏灯、一簇簇火，光耀天空，烛照大地，推动一个民族不断前行，照亮中华民族伟大复兴的光辉前程。他们是时代所造就的佼佼者，推动着时代的发展。

他们还有一个共同特点,就是都出生在 1900—1909 年之间,是 100 年前的"00 后"。

"为天地立心,为生民立命,为往圣继绝学,为万世开太平",横渠四句被这群 100 年前的"00 后"用不同的视角、不同的方式、不同的节奏,深深浅浅地践履着。

那么,他们的成长之路、日常生活、精神追求、实践创造和意义价值,在当时到底有哪些值得反复回眸的亮点?现今还有哪些值得反复揣摩的细节?回首处还有哪些曾经被遮挡的光芒需要穿透迷雾?特别是,100 年前的这些"00 后",可以给当今的"00 后"哪些启迪?

本书透过层层历史烟云,将目光聚集在这群出生在 100 年前的"00 后"文化精英身上。他们有着共同的鲜明时代烙印:生于激荡变革之世,既浸润于传统的文化,又受教于现代的思潮;满腹的旧学问,一脑袋的新知识;骨子里有着厚重的传统性,行事又处处有着最新的现代性。

着笔于他们,可以剖析出在中西文化碰撞、交融背景下,国人挣扎、彷徨、沉闷、奋起、抗争、探索、创新的一个个样本。

泪水、悲痛、焦灼、感动、温暖、坚强、执着、拼搏、担当、无畏、英勇……这些汉字频频成为他们的标签。在这片土地上,他们书写的故事,经得住任何时光的洗礼。

一个有希望的民族不能没有英雄,一个有前途的国家不能没有先锋。

如果要看前途,一定要看历史。回望曾经的路,探觅先贤的足迹,梳理斯人、斯思、斯言、斯行,有助于今人思忖、借鉴、学习。

当前,中国处于近代以来最好的发展时期,世界处于百年未有之大变局,两者同步交织、相互激荡。历史是最好的教科书。历览前贤,明夫格物、致知、诚意、正心、修身之道,庶乎近圣人焉!

目　录

写在前面的话 / 001

壹　风度

顾毓琇：科学家中艺术造诣最高的，艺术家中科研做得最好的 / 003

周有光：我们记住的，应远远不止"汉语拼音之父"这一称谓 / 017

高士其："中国的霍金"——去掉人旁不做官，去掉金旁不要钱 / 025

周培源：唯一和爱因斯坦长期工作过的中国人 / 035

萨本栋：穿铁衫上课的大学校长 / 044

赵朴初：明月清风，不劳寻觅 / 057

贰　风华

- 李方桂："中国非汉语语言之父" / 067
- 台静农：鲁迅之外，他是最成功的一位 / 076
- 韦素园：鲁迅说这个年轻人的病逝，是中国的一个损失 / 089
- 蒋光慈：中国革命文学的开山祖 / 101
- 朱　湘："中国的济慈" / 113
- 杨兆龙：世界"50位杰出法学家"之一，营救了万余名共产党员 / 121

叁　风骨

- 梅汝璈：忘记过去的苦难可能招致未来的灾祸 / 135
- 刘　节：有节 / 146
- 吴景超：因为有我，可以向真美善的仙乡再进一步 / 153
- 洪　谦：世界上最后一个彻底的逻辑经验主义者 / 161
- 陈三才："当代荆轲"——刺杀汪精卫的清华学子 / 169
- 叶公超：保护国宝毛公鼎，桃李满天下 / 177
- 张岱年：直道而行 / 185

肆 风流

陈岱孙：一生只做一件事 / 195

吴文藻："名师之师" / 201

吴组缃："清华四剑客"之一——风骨卓然，绝不苟且 / 211

沈有鼎："半个疯子"，有个理论以他命名 / 221

王芸生：被毛泽东称为"大公王"，一不投降，二不受辱 / 233

梁宗岱：不仅是"中国的拜伦"这么简单 / 244

壹　风度

顾毓琇：
科学家中艺术造诣最高的，艺术家中科研做得最好的

2002年，世纪老人顾毓琇仙逝。江泽民同志在唁电中说："顾老师博古通今，学贯中西，教书育人，师表天下。毕生孜孜好学，且心系祖国统一，献计献策，为众所敬仰。顾老师的崇高精神，将永远激励后人。顾毓琇老师永垂不朽。"

"顾老师毕生治学严谨，文理兼通，为人师表，乃众之楷模。顾老师心系祖国和人民，拳拳之心，永昭后人。"时任国务院总理朱镕基同志也发唁电致哀。

时任美国总统的乔治·布什和夫人也发来了唁电。

前溯顾毓琇的生平，周恩来曾当面称赞他。

他曾和邓小平谈笑风生。

克林顿、卡特等多位美国总统曾亲自写信为他祝寿。

1996年，江泽民在给顾毓琇的信中题诗："重教尊师新天地，

艰辛攻读忆华年。"

在顾毓琇去世的前一年，江泽民、朱镕基等共同在人民大会堂欣赏了顾毓琇作品音乐会。

......

顾毓琇的高徒还有蒋纬国、钱伟长、吴健雄、曹禺……

他是"中国近代以来惟一能够左手娴熟于人文，右手精通于数理的旷世通才"（见《顾毓琇全集》前言），天才般百科全书式的人物，"中国文理大师"。美国学者凡·迈贝克斯称其为"本世纪第一位能在科学与艺术两个领域取得卓越成就的中国学者"。

无锡顾氏，是东林书社领袖顾宪成的后裔。顾毓琇的祖母是秦观后人，母亲则是王羲之的后裔。陈寅恪曾评价顾家："具有极优美之家风。"

浑厚的书香浸润，加上新式学堂的教育，为顾毓琇打下了文理兼修的底子。他文可读经颂典、弄词作诗、写书编戏，理可做实验、解方程、开创理论体系。入世可从政，出世可说禅。

他是人文大师、诗词学家、古典音乐家、佛学家，中国现代话剧的发轫人之一，"国际桂冠诗人"；

他还是国际数学、电机工程和现代控制理论界著名的"顾氏变数""顾氏定则"理论的创立者。

于是,他获得了这样的评价:科学家中艺术造诣最高的,艺术家中科研做得最好的。

还有人称他为"行走的百科全书"、中国版"达·芬奇"。

"清风　明月　劲松　学者　诗人　教授",这是顾毓琇对自己的评价。

他的师承：梁启超、林语堂、布里奇曼……

这么牛的人,到底师出何处?

顾毓琇与梁启超之子梁思成是清华同窗,他经常出入梁家,受教于梁启超。赴美留学前,梁启超抱病亲笔写联相赠。顾毓琇感慨:"有机会拜梁任公先生为师,不胜欣幸!"

顾毓琇幼时的国文老师,是钱基博——大名鼎鼎的钱钟书之父。他在清华学习时,钱基博又任中文老师。而他的英文老师是林语堂。

清华毕业后,顾毓琇留学美国麻省理工学院。仅用三年半时间,他就获得了麻省理工学院的科学学士、硕士、博士三个学位,创造该校纪录。那年,他才 26 岁。他也是该校第一位获得科学博士学位的中国人。

他的两位导师之一,一位是珀西·布里奇曼,诺贝尔物理学奖获得者,曾参与研发原子弹。

另一位是阿尔弗雷德·诺思·怀特黑德,著名数学家、哲学家和教育理论家。他和罗素合著的《数学原理》标志着人类逻辑思维的巨大进步,是永久性的伟大学术著作之一。

……

有着如此这般师承,让人艳羡不已。

而他的兄弟姐妹,在母亲的照料下,全部上了大学,其中,有五人获得世界名校的博士学位。

他的门生:江泽民、朱镕基、蒋纬国、钱伟长、曹禺……

用"桃李遍天下"来形容顾毓琇一点也不为过。

先看看他曾经担任的大学职务:国立清华大学电机系首任主任、国立清华大学工学院院长、中央大学工学院院长、国立中央大学校长、国立政治大学首任校长、国立音乐学院首任院长、国立清华大学无线电研究所首任所长、国立清华大学航空研究所首任所长、浙江大学电机科主任、长沙临时大学(西南联大的前身)首任工学院院长、上海市市立实验戏剧学校创办人等。

其中有不少大学和院系、科研所是他一手创办的。

中国工程、音乐和戏剧多个顶尖学术殿堂,主要奠基者都是他，这在中国教育史上堪称传奇。

除此之外，顾毓琇还曾在北京大学、金陵大学、上海交通大学、国立长沙大学、上海戏剧学院等著名学府教书。他又任麻省理工学院客座教授、宾夕法尼亚大学客座教授，两年后转为终身教授。

他还担任过国民政府教育部政务次长、教育委员会主任委员、上海市教育局局长等教育行政职务。

中国科技界"三钱"之一的钱伟长，是顾毓琇在清华大学工学院的学生。钱学森是他创办了中国第一个航空研究所后第一批录取的学生，他后来又将钱学森推荐给了著名航天工程学家西奥多·冯·卡门。大戏剧家曹禺也是顾毓琇的学生，他一生极为尊敬顾毓琇。

此外，他还是蒋介石之子蒋纬国、马英九之父马鹤凌、国际著名物理学家吴健雄等人的老师。

1999年4月9日，朱镕基在美国华盛顿会见了顾毓琇。朱镕基说："我要按老师的教导来做……顾老送我十六字箴言：'智者不惑，勇者不惧，诚者有信，仁者无敌。'"

除了亲自传道授业解惑之外，顾毓琇还利用自己的资源，提携后人。他将好友朱汝瑾、朱汝瑾之子朱棣文均推荐为台湾"中央研究院"院士。朱棣文获得诺贝尔物理学奖后，朱的母亲李静贞第一时间写信致谢："这次小儿棣文得了诺贝尔奖全靠了您的指教。"

另一位诺贝尔奖得主杨振宁也曾沐顾毓琇教泽——顾毓琇是杨振宁父亲杨武之的同事兼邻居，从小看着杨振宁长大。

香港特首董建华之父董浩云也是顾毓琇的挚友。董建华上任后，曾写信"还盼世伯多予赐教"。

他的成就：多个理论以他命名

在科研上，顾毓琇把主要精力放在数学、电机工程和现代控制理论等几大领域内，潜心钻研。

1926年，24岁的顾毓琇在美国《数理杂志》第五卷第二号发表了《四次方程通解法》，这被认为是"基础数学的突破性成果"。1928年，他在英国电磁学权威海佛仙的"运算微积分"的基础上，分析电机瞬变现象，完成了自己的博士毕业论文。这一学术成果被国际电机理论界称为"顾氏变数"，一举奠定了他在国际电机界的显赫地位。

这一成果后来在1972年又为他赢得国际上素有电机与电子领域"诺贝尔奖"之誉的兰姆金奖，这是该领域内的最高荣誉。

他在"非线性控制"研究方面，出版有《非线性系统的分析与

顾老师博古通今,学贯中西,教书育人,师表天下。毕生孜孜好学,且心系祖国统一,献计献策,为众所敬仰。顾老师的崇高精神,将永远激励后人。顾毓琇老师永垂不朽。

顾毓琇(1902—2002年)

控制》,用新的图解法代替微分分析仪来分析电机,被国际电机界称为"顾氏图解法"。

此外,还有以他命名的"顾氏定则",是1989年他用计算机图解法研究混沌学所发现的一个新的混沌效应。

顾毓琇与美国科学家维纳等人开创了现代自动控制理论体系,被公认为该领域的国际先驱。1999年年底,98岁高龄的顾毓琇获国际电路及系统学会颁发的杰出成就奖——千禧奖。而追随哥哥就读麻省理工学院的四弟顾毓珍,创造"顾氏公式",成为中国科学家在化学工程学科领域的杰出贡献之一。

他的艺术:被称为中国版"达·芬奇"

只看顾毓琇的学术成果,已经让人叹为观止了。但,他的成就远远不止这些。

作为中国杰出的诗人,顾毓琇创作诗词歌赋7000多首,出版《莲歌集》《潮音集》《蕉舍吟草》等34部。《顾毓琇词曲集》1997年在中国大陆出版后,曾重印三次。他是被"第三届世界诗人大会"加冕的"国际桂冠诗人",被海内外学术界和出版界评为20世纪中华民族的大诗人之一。

作为戏剧家,顾毓琇是中国现代话剧的发轫人之一,曾创办上海戏剧学院的前身——上海市市立实验戏剧学校。21岁时,他发表了中国现代话剧史上最早的四幕话剧《孤鸿》。1923年,他编导的话剧《张约翰》在北平公演,梁实秋担任剧中角色。1925年,话剧《琵琶记》在美国波士顿公演,闻一多、梁实秋、冰心等加盟演出。此外,他的戏剧作品《国殇》《古城烽火》《岳飞》《白娘娘》《项羽》《荆轲》《苏武》《西施》等都产生过极大的轰动效应。1975年,他获得巴西人文学术院金质奖章。

作为文学家,顾毓琇从小爱好古典文学,喜读中外名著。中文老师钱基博、英文老师林语堂,对他文学、戏剧方面的修为,产生极大影响。在新文化运动的浪潮中,他与梁实秋、吴文藻等人发起"小说研究社",后在闻一多的建议下,改名为"清华文学社"。他担任小说组组员和戏剧组负责人,兼任学生剧社首任社长。他的早期作品经常见诸《小说月报》和《时事新报》,受到文坛的关注。当时,文学研究会的郑振铎曾给顾毓琇写信约稿:"《小说月报》拟出一《现代欧洲文学号》,你和你的同学们不知能腾出些工夫,替我们作几篇文章否?"

18岁时,顾毓琇迷上了翻译外国文学,先后译成短篇小说12篇、剧本2个。19岁时,他写成中篇小说《芝兰与茉莉》,是新文化运动史上继鲁迅《阿Q正传》之后的第四部中篇小说。20世纪40年代,顾毓琇撰写《中国的文艺复兴》一书,被誉为"讨论中华民族复兴问题的比较系统、全面的论著"。

作为音乐家,顾毓琇对民间歌谣和戏曲音乐有着浓厚的兴趣。在清华读书时,曾为了听音乐会,和同学梁思成找校长借车进城。

他曾任国立音乐学院首任院长、国立实验交响乐团团长。

他潜心整理、编译中国古代歌谱,发掘中国古乐之美。运用数学、物理知识,得出将黄钟的标准音高定为 348 频率之结论,对恢复和表现中华古乐的音韵风貌、进一步研究开发中华古乐以至于"重新奠定国乐之基础"起到重要作用。他先后翻译了《魏氏乐谱》《白石道人歌谱》以及大量的唐宋歌谱、词谱。在人民大会堂举办的顾毓琇作品音乐会,多位国家领导人、政要出席。

作为佛学家,顾毓琇在佛学方面的造诣颇深,结交多位高僧。他曾参与解决汉藏教理院的经费问题、汉藏合璧教科书的编纂问题。他在古稀之年,连续出版多部专著。1976 年的《禅宗师承记》、1977 年的《日本禅宗师承记》,在佛学界产生极大影响。1979 年,他的英文巨著《禅史》在国际佛学界产生轰动。

他的"朋友圈"：都是大神级的人物

顾毓琇的"朋友圈"时间跨度之长、范围之广、影响之大，令人瞠目。"他尚友天下名士，光诺贝尔奖得主则当以十计，师友中成名成家者，则当以数百计。"国外的朋友有爱因斯坦、泰戈尔、萧伯纳、罗素、罗斯福、丘吉尔……

国内的，只要你可能听说过的民国名流，他基本上都有交往：梁启超、胡适、梅贻琦、梁思成、闻一多、蒋梦麟、冰心、吴文藻、梁实秋、冯友兰、叶企孙、郭沫若、朱自清、钱钟书、曹禺、张大千、徐悲鸿、傅抱石、潘玉良、田汉、洪深、梅兰芳、周信芳、赵元任……在清华期间，作为工学院院长的顾毓琇，和文学院院长冯友兰、理学院院长叶企孙、法学院院长陈岱孙，并称为"清华四大院长"。

顾毓琇的话剧在美国上演，演员是闻一多化的装；冰心和吴文藻结识，是顾毓琇当的红娘；张大千最著名的敦煌之行，是顾毓琇促成的……

他的传奇人生是如何炼成的

对于这位天才般百科全书式的人物，很多人好奇，他跨越两个世纪、整整100年的传奇人生,到底是怎么炼成的?

顾毓琇在2000年出版的《百龄自述》中,叙述了"文化之邦"——无锡的出生环境,并追溯了自己的家族渊源——父系溯至顾炎武,母系溯至秦观、王羲之。一脉相承的家族基因、融古通今的幼时教育,给他打下了难得的底子。

他学习、成长的年代,风云际会,恰是中国悲欣交集的时代。"三千年未有之大变局"提供的种种思想激流,让他处在了空前的历史处境中,使他既能在沿袭数千年的文化传统中汲取养分,又能在新文化运动中渴饮新理念。

除家族基因、社会环境外,顾毓琇能成为旷世大才,当然与他受到的教育、个人的努力分不开。无论是学校教育还是社会教育,无论在国内还是在国外,他都遇到了那个时代多个领域顶尖的大师,大师们"贴身式"的言传身教,让他耳濡目染,勤勉精进。

先天的基因、后天的环境,是一个人成才的条件,但如果自身不努力,也是枉然。顾毓琇的刻苦与勤奋,是一般人难以想象的。在清华时,他"决意用功读书",过年不回家,除夕夜都在苦读。在麻省读书时,外人只看到他仅用三年半时间获得本、硕、博三个学位,有谁知道他"夜半三时方回寓所"的拼命?他的这种拼搏精神,不是体现在一时一事上,而是贯穿了他的一生,到了古稀、耄耋乃至百岁,仍保持高度旺盛的求知欲望和探索精神、创新精神。

他在100年的纵向人生中，无限地扩展了宽度。海内外媒体公称其为"机电权威、教育专家、文坛耆宿、佳冠诗人、话剧先驱、古乐泰斗、爱国老翁"。

顾毓琇之孙顾宜凡在回忆祖父时，曾这样表述："是什么成就了他们？在我看来，是时代的大变革提供了创新的土壤和氛围，是中西文化的碰撞产生了新旧思想和观念以及知识结构的融合。另外，不要忘了，这些大师从小就经历过残酷的竞争，是一步一步、一个台阶一个台阶走到最后的，他们是这个民族大浪淘沙后的结晶。"

当我们回溯100年前这些大师的人生历程时，仰慕其光环之外，更应该看到其背后的磨砺、坚忍、创新。这，才是我们最应该汲取的。

顾毓琇在《百龄自述·自述》中写道："今逢两千年开始，上一世纪的成就，即为21世纪的基础，吾人应加以珍视。现在中年、青年至少年诸多人才，各自努力，无论在学术上及事业必定大有成就，则中华民族复兴，中华文化复兴，可以保证成功。"

顾毓琇（1902.12.24—2002.9.9），字一樵，江苏无锡人。著名教育家、科学家、诗人、戏剧家、音乐家和佛学家，中国现代史上杰出的文理大师，学贯中西，博古通今，是清华提倡的"中西融会、古今贯通、文理渗透"理念的杰出代表。

他13岁考入清华学校,后公费赴美国麻省理工学院留学。1929年归国后,在国内从事电机工程教学与教育行政工作。先后担任过多所著名大学的教授、系主任、工学院院长及校长。20世纪50年代到美国麻省理工任教授,后在美国定居,1972年荣获兰姆金奖。从1946至1996年,他在长达半个世纪的日子里年年当选为国际应用力学个人名誉理事。曾受聘为清华大学、北京大学等十几所院校的名誉教授。

顾毓琇还是中国现代话剧的发轫人之一,曾被世界诗人大会授予"国际桂冠诗人"称号。此外,他还是中国古乐谱的研究专家,曾创立中央音乐学院的前身——国立音乐学院,并担任首任院长。在佛学研究方面,他曾出版《禅史》等具有国际影响的专著。著有《顾毓琇全集》《百龄自述》《顾毓琇戏剧集》《顾毓琇诗歌集》《齐眉集》《耄耋集》等。

本文参考来源:

1.《奇才顾毓琇及其成才之路探源》(承欣茂,《江南大学学报》[人文社会科学版],2003年第2卷第1期)

2.《百龄自述》(顾毓琇,江苏文艺出版社,2000年)

3.《顾毓琇全集(第1卷)》(顾毓琇,辽宁教育出版社,2000年)

4.《长教桃李哭春风——怀念顾毓琇先生》(张昌华,《顾毓琇学术研讨会暨顾毓琇诞生100周年纪念会论文集》,2002年12月)

5.《顾毓琇:传奇一生》(顾慰庆,《中华读书报》,2017年5月3日第17版)

周有光：
我们记住的，应远远不止"汉语拼音之父"这一称谓

活了112岁的世纪老人周有光，早年专习经济，年近半百"半路出家"，参与设计汉语拼音方案，成为"汉语拼音之父"。

在中国现当代学人中，作家沈从文称他为"周百科"，诗人邵燕祥称他为"当代难得的智者、仁者和勇者"，中国语文现代化学会会长苏培成称他"敢于说真话、说实话"，复旦大学校长王生洪认为"周有光是一百年来无数有志之士的精神象征"，人民网发表文章称周有光是"一位通达、乐观的中国知识分子"，媒体称他"敢讲一般人不敢讲的话"、具有"自由之思想，独立之人格"。

从以上的评价，我们可以看出，周有光对中国的贡献，远远不止汉语拼音这一项。他的人生之光，更多地闪耀在人格、思想、精神层面上。

从"门外汉"到"汉语拼音之父"

"语言使人类别于禽兽,文字使文明别于野蛮,教育使先进别于落后。"这是周有光100岁时写下的话。

"汉语拼音之父",是公众对周有光最著名的评价。但他制定汉语拼音方案,参与设计、推广汉语拼音体系,却是半路出家。他年过半百之后,才真正投入这一领域。

1906年1月13日,周有光生于江苏常州青果巷,后迁居苏州。他祖上是官宦之家,至清末家道衰落。周有光10岁时进新式学堂读书,后入中学,与日后著名的语言学家吕叔湘同窗。

17岁时,周有光考入上海圣约翰大学,主修经济学,开始接触拉丁字母,参加了拉丁化新文字运动,写过不少这方面的文章,这是他接触语言学的开端。他曾回忆:"我就是碰到了一个新的东西,就是叫字母管理法。字母也是一门学问,这个学问在当时虽然很少人研究,但是这门学问大家都认为是重要的。我是作为一个兴趣来弄的,没想到后来有用处。"

1933年,周有光与"张家四姐妹"的二姐张允和结婚。叶圣陶曾说:"九如巷张家的四个才女,谁娶了她们都会幸福一辈子。"周有光便是"幸福一辈子"的幸运儿。婚后,两人同往日本留学,回国后，任教于大学。抗战爆发后，周有光先后在新华银行、经济部农本局重庆办事处等单位任职。抗战胜利后，他先后被派驻纽约、伦敦工作。其间，他曾与爱因斯坦有过两次接触。

1949年，周有光放弃在国外的优渥生活，回到上海，任复旦大学、上海财经学院教授，并在上海新华银行、中国人民银行华东区行兼职。

工作之余，周有光还做了专业方面的研究，先后出版了《新中国的金融问题》等著作。

"研究语言、文字只是我的业余爱好。"他在经济学之外，发表、出版过一些关于拼音和文字改革的论文和书籍。比如通俗读物《字母的故事》，把字母学从国外引到国内。

1955年，他被周恩来点名，到中国文字改革委员会担任汉语拼音方案委员会委员。他先后任中国文字改革委员会和国家语言文字工作委员会研究员、第一研究室主任，兼任中国社会科学院研究生院教授，参加制定汉语拼音方案。

1955年，周有光提出普及普通话的两项标准：全国汉族学校以普通话为校园语言，全国公共活动以普通话为交际媒介，并提出汉语拼音方案三原则：拉丁化、音素化、口语化。1958年，《汉语拼音方案》经全国人民代表大会通过；在国际标准化组织会议上，周有光促成国际参会人员投票通过《汉语拼音方案》为拼写汉语的国际标准。

从20世纪50年代,周有光就开始主编《汉语拼音词汇》,成为电脑中文词库基础。他可能没想到,拼音的发明促使汉语迅速与计算机和手机技术相融合。

美国《纽约时报》称:"他创立了罗马化的汉语拼音系统,这个系统在大约60年前一经推出就成为通行标准。"西班牙《国家报》评价道,周有光是《汉语拼音方案》的主要制定者。该方案为中国儿童和外国人学习这门复杂语言提供了极大便利,对在电脑和手机上便捷地输入数以万计的汉字也至关重要。

正是因为这些贡献,周有光被不少人尊称为"汉语拼音之父"。但他本人很谦虚:"读过我书的人,决不会把那顶桂冠随便加在我头顶上。"他的外甥女毛晓园回忆:"舅舅觉得,汉语拼音很早就出现苗头,有一个发展过程,不要把功劳都归在一个人身上。"

现在,汉语拼音在中国人的日常生活中随处可见,成为中华文明传播的重要载体,对国民素质的整体提升起到了重大作用。

我是认真思考了这个世界的

从1980年开始,周有光与刘尊棋、钱伟长一起担任翻译《简明不列颠百科全书》的中美联合编审委员会和顾问委员会委员,是中方三委员之一。1984年,他又任《中国大百科全书》总编委委员、《汉语大词典》首席顾问。因此,周有光的连襟、著名作家沈从文称他为"周百科"。

退休后,周有光并没有将自己限定在语言学领域,而是将视角转向了更为广阔的空间。他开始用哲学的方式思考人生、探寻社会。他关注的多是现代化、全球化、人权保护、公民意识等问题。对中国发生的种种,他都有着自己独立的思考,保持自己的清醒和批判。

关于真理,他说:什么叫真理呢? 真理,可以今天批判它、否定它,明天还可以批判它、否定它,在不断被批判、被否定当中能站得住,那才是真理。如果不许批评,那怎么是真理呢?

谈到这个国家,他说:我对中国是抱有希望的,只是不能急,要慢慢来。我们应该要对中国的未来有耐心,中国的进步也是明显的。

关于季羡林,他说:改革开放之后,季羡林提出"三十年河西,三十年河东",说世界文化的接力棒要传到中国来了,许多人很高兴。85岁以后人家要我写点文化的东西,我就提出"双文化"论。首先文化不是东方、西方这么分的,谈文化要拿历史做根据。另外,文化流动也不是忽东忽西轮流坐庄,而是从高处流向低处,落后追赶先进。"河西河东"论是由"自卑综错"变为"自尊综错",没有任何事实根据,只是"夜行高呼"的懦夫壮胆。

……

学者雷颐回忆,在1987年4月的全国"两会"上,争论的一大焦点是要计划经济还是要商品经济。周有光先生每次发言都敢讲,还讲得很清晰,尤其是谈经济问题,"他的勇气和人生智慧给了我很深的印象"。

学者何方对周有光"讲真话"印象深刻:"即便在看似非必要的时候,他也说不能含糊,不要和稀泥,真的就是真的,假的就是假的。"

法学家江平说,周有光两个最重要的特色是骨气和仙气。周有光有过出国的经历,有过国民党时期的经历,也有过共产党执政下的经历。从这个角度来说,他的骨气是建立在科学的、比较的基础上的。另外,很重要的一点是他对国家的热爱和责任感。他对国家和对世界的认识一针见血,也敢说敢言。

"我提倡'不怕错主义',出现错误是正常现象,可以从批评指正中得到更为准确的意见","我非常愿意听到不同的意见和声音"。

上帝太忙了,把我忘了

周有光一生经历晚清、民国、中华人民共和国。一般人60岁退休,但周有光一直工作到85岁才离开工作岗位。退休之后,他依然笔耕不辍。

对他来说,退休也只是换了个地方工作而已。

从85岁一直到仙逝,他笔耕不辍,著有《文化学丛谈》《朝闻道集》《百岁新稿》《静思录:周有光106岁自选集》《老藤椅慢慢摇——周有光和他的时代》《语言文字学的新探索》《周有光百岁口述》《拾贝集》等著作。几年前,《羊城晚报》刊文评价,没发现像周老这样100岁之后还不断推出新著的,他是中国唯一,也是世界唯一。

在周有光98岁时,妻子张允和去世。110岁时,儿子周晓平辞世。这两件事对他打击太大,但他都以顽强的生命力和乐观的精神挺了过来。

哲学家李泽厚拜访周有光时,他笑着说:"上帝太忙了,把我忘了。"

周有光有句名言:"上帝给我们一个大脑,不是用来吃饭的,是用来思考问题的,思考问题会让人身心年轻。"

周有光(1906.1.13—2017.1.14),原名周耀平,出生于江苏常州。先后就读于上海圣约翰大学、光华大学。先后任教于光华大学、江苏教育学院、浙江教育学院等校,任职于江苏银行和新华银行。1949年上海解放后回国,任教于复旦大学经济研究所和上海财经学院,业余从事语言文字研究。

1955年进入中国文字改革委员会,专职从事语言文字研究。先后担任文改会委员和副主任、国家语委委员、中国社科院研究生院教授、语言文字应用研究所研究员、《汉语大词典》首席顾问、《简明不列颠百科全书》中美联合编审委员会委员、《不列颠百科全书》(国际中文版)顾问委员会委员、中国语文现代化学会名誉会长。他被誉为"汉语拼音之父",先后发表《汉字改革概论》《新语文的建设》《世界文字发展史》《现代文化的冲击波》《中国拼音文字研究》《世界字母简史》《朝闻道集》等专著几十种,论文近400篇。

本文参考来源:

1.《百岁学者周有光:我是认真思考了这个世界的》(谢湘,中国文明网,2016年1月21日)

2.《周有光:语言使人类别于禽兽》(凤凰卫视,2017年1月19日)

3.《百岁新稿》(周有光,生活·读书·新知三联书店,2005年)

4.《"先生之风,山高水长"——我的老师周有光》(苏培成,《光明日报》,2019年1月9日)

活了112岁的世纪老人周有光,早年专习经济,年近半百"半路出家",参与设计汉语拼音方案,成为"汉语拼音之父"。

周有光（1906—2017年）

深厚的文学底蕴,良好的科学素养,再加上异于常人的创作激情和毅力,使得他『中国科普写作第一人』的名号无人可撼。

高士其 (1905—1988 年)

高士其：
"中国的霍金"——去掉人旁不做官，去掉金旁不要钱

不知道现在的"00后"都读些什么书。一个秋日，我去皖南的一所山村小学参加公益活动，发现学生们书桌上摆放的课外读物不少是玄幻、穿越类的图书，很是感慨了一番：孩子们的世界，我们已经看不懂了。

回溯20世纪五六十年代出生的人，一直到"80后"，几代中国儿童几乎人人都在课本里、课外读物里读到过一个人的文章，听过他的故事，他就是有着"中国霍金"之称、被誉为"中国科普的一面旗帜"的高士其。好几代中国人都亲切地称他为"高士其爷爷"，像现在的孩子喜欢流量明星一样，痴迷着高士其。

高士其的作品，成为几代人的成长记忆，刻在他们生命的年轮里。

《菌儿自传》《灰尘的旅行》《笑》《我们的土壤妈妈》《太阳的

工作》《揭穿小人国的秘密》《生命的起源》《时间伯伯》……高士其这些令人耳熟能详的作品,被编入不同版本的中小学课本。像《高士其科普童话》等著作,都是中小学生必读图书。

从天才少年到"中国霍金"

高士其原名高仕𫓹,像清末民初的诸多名士一样,出身书香门第。其高祖、曾祖曾中进士。其父高赞鼎中举后,任清朝外务部官员、民国国会候补参议员,曾出使南美。家族的诗书气韵、传统积淀,给高士其注入了守节、刚正、爱国的血液。

在福州明伦小学读书时,高士其所从老师中既有资深学儒,也有留学新秀。他受到了传统国学和先进科学理念的双重熏陶,打下了深厚的功底。

1918 年,年仅 13 岁的高士其参加清华学校(留美预备学校)的福建省招生考试,考了全省第二名,其中,中文单科分数是全省第一,因此受到了省长的亲自接见。

小小年纪,从遥远的海滨来到古老的北平,高士其求知欲强,极其刻苦,很快熟练掌握了以前没有在课堂上学过的外语,先后获得英语、国语、化学、博物等科的优等奖章。

除了学习外,高士其十分热衷于社会活动。入学第一年,他就加入了"童子军",学会了打旗语、收发无线电,掌握了搭帐篷、挖地沟宿营、绘地形图、夜间辨识方向等各项技能。

经过清华学校七年的磨砺,1925年,高士其考入美国威斯康星大学,主修化学。次年,因成绩出众,他转入芝加哥大学。1927年,高士其获得学士学位。

正当高士其准备继续深造化学专业时,突然得到姐姐因病去世的消息。此前,他的弟弟也因"喉痧"而夭折。亲人的离去,让他下定决心与"魔菌"作战,于是转入医学研究院细菌学专业,攻读博士课程。

风华正茂的高士其正准备大干一番时,悲剧发生了。某日,他在实验室研究脑炎病毒时,瓶子破裂,他不幸感染了脑炎病毒。经过抢救,虽然保住了命,但留下了终身残疾,被禁锢在小小的轮椅上,不能自由行动,也无法清楚说话,甚至有时必须让人拨动眼皮,才能睁开双眼。

高士其的这一经历,与另一位伟大的科学家霍金十分相似。所以,科学界、文学界不少大家都称他为"中国的霍金"。

笔者曾经看过高士其年轻时的一张照片,他西装革履、阳光俊朗。可以想象,彼时的病魔给他的身心带来多大的伤害。

医生劝他回国休养,并断定他活不过五年。但他凭着坚强的毅力,坚持读完了医学研究院的博士课程。但遗憾的是,他最终没能拿到学位。

1930年,高士其辗转多个国家回到中国,应聘到南京中央医院工作,后因不满医院的官僚作风和腐败行为,愤而辞职。那个时候,他已经交不起房租、买不起药。虽贫病交加,但科学家的正直秉性让他绝不同流合污。

转身,悲壮而又华丽

辞职后的高士其住在民主人士、好友李公朴家里,以翻译、写作和当家教为生。其间,他受到陶行知、李公朴、艾思奇的影响,一起编写"儿童科学丛书"。

1935年,高士其在陈望道主编的《太白》杂志上看到一个新专栏"科学小品",便萌生了以科学和文学结合推动社会进步的愿望。特别是看到另外一位弃医从文的作家鲁迅的弟弟周建人的文章后,他更坚定了自己的想法,用手中的笔代替手术刀,向公众传播科学知识,推动社会向更好、更健康的方向发展。就这样,他开始了科学小品的创作,实现了一次悲壮而又华丽的转身。

"细菌是极微小的生物,是生物中的小宝宝。这位小宝宝穿的是什么?吃的是什么?住在哪里?怎样行动?我们倒要见识见识一下。"这是高士其在李公朴主编的《读书生活》上发表的第一篇科普作品《细菌的衣食住行》的开篇。他的文章,语言生动,通俗易懂,很快受到读者的关注。文章发表前,他将原名高仕錤改为"高士其",意为"去掉人旁不做官,去掉金旁不要钱"。这成为他一生践行的格言。

踏进一个新天地之后,高士其如鱼得水。他不像别人那样还有一个预热的过程,而是直接进入创作的高峰期,佳作频出,受到文化界的高度好评,一时间,约稿不断。

高士其行动十分不便,他就用布条把笔绑在颤抖的手上,花上一段时间才能写一个字。有的时候,他连笔也握不住了,就构思一篇新作,请人笔录。一次只能说一两个字,一个句子要断断续续分几次说出来。

凭着顽强的毅力,在短短的两年时间里,他写出近百篇科学小品,出版了《我们的抗敌英雄》《细菌大菜馆》《细菌与人》与《抗战与防疫》等4部集子,在当时大腕云集的上海文坛上,成为一颗光芒四射的明星。

高士其的作品有一个特点,就是在传授科学知识的同时,还能针砭时弊,通俗易懂,风趣幽默,集科普、政论于一体,让读者在获取知识的同时,又大呼过瘾。他的作品特别是在青年知识分子阶层,有着广泛的影响力。他大笔一挥,无数青年开始投身科学、参加抗战、参与社会活动。多少年之后,时任全国政协副主席、中国科协主席韩启德回忆说,他们那一代人都是受到高士其的影响,"热爱上科学,从事科学工作"的。

欢迎你,中国的红色科学家

1937年全面抗战爆发后,高士其受李公朴、艾思奇等人影响,决定参加革命。他不能只在纸上谈兵,也要下海搏击一番。

历经三个多月,他辗转到达延安。对于这位中国第一个投奔延安的留美科学家,毛泽东、周恩来、朱德、陈云等人表现出了极大的关注。毛泽东接见了他,说:"欢迎你,中国的红色科学家!"在延安,他成了一个红色的符号。开大会时,他都由人背上主席台,坐在毛泽东的身边。高士其被安排在陕北公学担任教员,中央首长安排了一名战士担任他的护士兼秘书。

在红色圣地,高士其与一群志同道合的同人,发起成立了延安的第一个科学技术团体"边区国防科学社",面向大众普及科学常识。经过艰苦生活的磨炼和考验,高士其于1938年12月被批准为中国共产党预备党员。毛泽东祝贺并勉励他做一个名副其实的模范共产党员,为实现共产主义的伟大理想奋斗终生。

在延安工作了一段时间之后,因为病情加重,高士其手不能写、脚不能走,党组织决定将他送到香港等地治病。

高士其又开始了一番颠沛流离的奔袭。在香港,他昏迷数日,医生差点把他送到太平间,后来又活了过来;因为病情严重、心情苦闷,他又被送到精神病院……在逃亡的路上,他的脚踝被老鼠咬得露出白骨。为了不惊动护送他的人睡觉,他竟忍受了整整一个晚上。

"不幸而幸的是,我有种宽慰,使我在困境中从不灰心丧气。"几次和死神擦肩而过,但他从未向命运低头。

在艰苦的环境中,高士其或口述,或亲自动笔,一篇篇美文,成为当时国人的精神食粮。特别是抗战胜利后,他开辟了一条新路,转向科学诗歌创作。1946年,高士其写出了中国第一篇科学诗《天的进行曲》,成为中国科学诗的创始人。深厚的文学底蕴,良好的科学素养,再加上异于常人的创作激情和毅力,使得他"中国科普写作第一人"的名号无人可撼。

后人统计,高士其一生创作400多篇科普论文和科学小品、200多篇科学诗歌,汇编成20多本书,共计500多万字。

天上有颗"高士其星"

高士其在撰写科普文章之余,还对时局表示了强烈的关注。在上海期间,他经常发表批评国民党当局、追求民主的文章,被国民党当局列入黑名单。党组织很快将其转移到台北。

到了1949年初,当中国大陆很多人拥向台湾时,高士其向组织申请,要求回到中国大陆。组织安排他途经香港,返回了北平。

回来后,高士其写道:"历史还会这样前进着,就像时空的广大与无际。在这里,我开始了新的把科学交给人民的事业。"

在"文革"期间,作为中国科普工作的倡导者和组织者的高士其最钟爱的事业停滞了。

写作困难,已经让他筋疲力尽;在困难中写出的作品无处发表,更让他心痛。

但他仍怀着一颗赤子之心,凭着单纯的信念,做着自己分内的努力,和一帮"难兄难弟"奔走呼号:"科学普及工作现在无人过问。工农兵群众迫切要求科学知识的武装。"

不管外面东风西风,高士其时刻不忘自己的使命:科普。那是他存在的意义,那是他生命的价值所在。

1978年以后,科学的春天来了。一队队的"红领巾"到高士其家做客。当年将他的校稿弃之如敝屣的报刊,也寄来一封封约稿信。可叹可惜的是,疾病重压下的高士其,连口述写作的能力也失去了。

高士其之子高志其回忆道,曾有人非难父亲,说他政治热情太高了。而父亲对这些非议不以为然,他不像少数科学家那样,无视民族存亡,把自己关在风平浪静的实验室中,"他坦然地宣称,他的科学研究'投降了大众'"。

"我能做的是有限的,我想做的是无穷的。从有生之年到一息尚存,我当尽力使有限向无穷延伸。"这是高士其的座右铭。

1988年,万千孩子喜爱的"高士其爷爷",唱完了他的"生命进行曲"。逝世后,中共中央组织部确认他为"中华民族英雄"。

1999年,经国际小行星命名委员会审议通过,中国科学院紫金山天文台发现的一颗国际编号为3704的小行星,被正式命名为"高士其星"。

此星永耀。

高士其(1905—1988),福建福州人。中国著名科学家、科普作家和社会活动家,中国科普事业的先驱和奠基人,中国科普创作协会名誉会长。1925年毕业于清华学校,先后就读于美国芝加哥大学化学系、医学研究院。历任中央人民政府文化部科学普及局顾问,中华全国科学技术普及协会顾问,中国科学技术协会常委、顾问,中国科普创作研究所名誉所长等职,第一至第六届全国人民代表大会代表。著有《我们的土壤妈妈》《时间伯伯》《揭穿小人国的秘密》《生命的起源》《高士其科学小品甲集》《高士其科普创作选集》等。

本文参考来源：

1.《高士其：不屈的"科普战士"》(尹传红,《知识就是力量》,2016年第1期)

2.《高士其的科普人生》(孟红,《党史纵横》,2008年第2期)

3.《高士其评传》(韩进,希望出版社,1998年)

4.《科普园中辛勤的园丁——记高士其同志》(叶永烈,《中国科技史料》,1980年第1期)

周培源：
唯一和爱因斯坦长期工作过的中国人

　　他是唯一和爱因斯坦长期工作过的中国人，他是清华大学物理系最年轻的教授，他用四年不到的时间完成美国名校的本、硕、博连读并于26岁获加州理工博士学位，他创办了中国第一个力学专业，他被国外学者称为"湍流模式理论之父"，他是世界四大力学家之一，他所从的老师、所培养的学生都获得过诺贝尔奖，他是中国人民外交学会的领导，他是中国出席世界核裁军会议的最早代表，他以67岁高龄出任"文革"后北京大学首任校长……

　　他就是中国近代力学奠基人和理论物理奠基人、教育家和社会活动家周培源先生。

获得本硕博学位，他只用了三年多时间

光绪二十八年(1902)，周培源出生在江苏宜兴一个晚清秀才之家。孩童时，他随父辗转于南京、上海等处求学。

1919年，五四运动爆发，正在上海圣约翰附中读书的周培源，因为积极参加学生运动，被校方开除。回到宜兴老家后，他躲在一座寺庙里闭门读书。一个偶然的机会，他在一张小报上看到一则清华学校招录5名插班生的广告。"这条广告只登了一天，而且是非常小的一条消息，居然被我看到。"周培源连忙跑到南京报名考试，被顺利录取。

就这样，17岁的周培源与清华结下了不解之缘。

当时的清华学校分中等科、高等科两部分，每科四年。高等科毕业后，经过严格筛选，品学兼优者被送往美国，插班进入美国大学。周培源中等科毕业时，以第二名的成绩，升入高等科，任甲子级级长。毕业前夕，周培源的论文《三等分角法二则》受到著名教授郑之蕃的赏识，发表在《清华学报》第一卷第二期上，显示了他非同寻常的科研才华。

1924年，周培源所在的甲子级共67人获得"庚款留美"资格。

他选择了当时在全球排名第一的芝加哥大学物理系学习,1926年春获得学士学位,同年秋获得硕士学位。

1927年,周培源进入加州理工,师从著名教授贝尔(E. T. 贝尔),成为中国研究相对论的第一人。1928年,他完成题为《在爱因斯坦引力论中具有旋转对称性物体的引力场》的论文,获得博士学位,并获得最高荣誉奖。

由此,他成为加州理工毕业的第一名中国博士生,也是当年全美国毕业的49名博士之一。

此时,他年仅26岁,赴美留学才三年多时间——要知道,一般人要获得本、硕、博三个学位,需要八九年时间。

周培源的传奇经历,印证了他自己的格言:锲而不舍、以勤补拙。

毕业后,周培源先后在美国哈佛大学、普林斯顿大学和康奈尔大学做短期访问学习。后来,他又横跨大西洋,先后来到德国莱比锡大学、瑞士苏黎世高等工业学校,师从两位诺贝尔奖获得者海森堡(Heisenberg)和泡利(Pauli),从事量子力学的研究。

1929年秋,27岁的周培源回国,应清华大学首任校长罗家伦之聘,成为清华历史上最年轻的物理学教授。

很快,周培源就得到了与多位世界一流名师学习、研究的机会。

而他最为知名的合作者,是爱因斯坦。爱因斯坦,20世纪世界最有影响的科学家。能与其共事,是无数科学家的梦想。

1936年,作为中国理论物理的奠基人,周培源利用他在清华的科研休假年,来到美国普林斯顿高等研究所,参加爱因斯坦主持的相对论研讨班,从事相对论引力论和宇宙论的研究。整整一年时间,周培源和爱因斯坦进行了广泛的学习和交流,受益匪浅,学术水平得以提高。1937年,周培源在美国《数学学报》发表论文《爱因斯坦引力论中引力方程的一个各向同性的稳定解》,在学界产生极大轰动。

周培源和爱因斯坦一起工作了一年,对爱因斯坦运动方程有着很深的研究,这对他从事湍流模式理论的研究起了很大作用。

"振兴中华是时代赋予我们每一个中国人的重任,我们无论在什么地方,在任何时候都要想到我们是中国人,我们能为祖国做些什么。"说这句话的背景,是周培源曾经有几次加入美国国籍的机会,但他都毫不犹豫地放弃了。

1943年9月,周培源第二次休年假,来到加州理工学院做访问教授。刚到美国不久,他就收到移民局允许他加入美国国籍的通知。但他拒绝了。

1945年,周培源受邀参加美国战时科学研究与发展局的研究工作。二战结束后,美国海军部成立了海军军工试验站,邀请他加入,但加入该试验站需美国国籍。周培源答应可以在该站承担临时工作,但不加入美国籍。

1946年,周培源由欧洲再次返回美国,工作至次年2月。当时正值解放战争期间,很多人劝他不要回国,但他仍然义无反顾地回到清华。

孔子有弟子三千,他有学生三万

从事相对论研究近七十年,湍流模式理论研究五十多年,周培源的学术研究主要集中在物理学基础理论的两大领域,一是爱因斯坦广义相对论中的引力论,二是流体力学中的湍流理论,从而奠定了湍流模式理论的基础,被全世界公认为湍流的奠基人。

从事教育事业六十多年,周培源可谓是桃李满天下。他的教育生涯,以1952年院系调整为分界线,可谓三十年清华、三十年北大。他培养了几代力学家和物理学家,像大家所熟知的钱三强、王淦昌、李政道、朱光亚、何祚庥、王竹溪、彭桓武、林家翘、胡甯等均出自其门下。"两弹一星"中的大部分人是他学生,或者是他学生的学生。

有人说,孔子有弟子三千,周培源有学生三万。

周培源的一个著名教育理念,就是"学生要超过老师",这样,学术才会不断进步。在清华任教时,他将当时世界上最新的理论和知识带到清华。他既注重基础训练,又鼓励学生大胆探索,不畏艰难,追求科学的真理。

"周先生的教学是帮助学生往前跑,能跑多快就跑多快,尽每个人的能力跑。"理论物理学家胡宁回忆,周培源把他们带入了教科书上没有的学科最前沿。

早在上中学物理课的时候,何祚庥就听说"全世界只有12个半人真正懂得爱因斯坦的相对论",其中这"半个",就是周培源。

周培源一直奉行着言传身教的理念,多次为各地的教育事业捐赠财产,包括房产、文物和奖金。

有人沉默、有人顺从、有人阿谀时,他能像大河奔突着向前

数十年来,周培源信奉的理念是:"独立思考,实事求是,锲而

周培源一直奉行着言传身教的理念，多次为各地的教育事业捐赠财产，包括房产、文物和奖金。

周培源（1902—1993年）

不舍,以勤补拙。"他的学生、曾任中国力学学会副理事长的武际可教授回忆道,周培源一直是抵制各种干扰正常教学秩序的中流砥柱。

"为了办好教育,他一身正气无所畏惧。这就是一个真正教育家的品格,所以值得我们敬重。"武际可这样评价他的恩师,"他是一个有锋芒的人,有人沉默、有人顺从、有人阿谀时,他能像大河奔突着向前。"

有人评价周培源是科学家中的政治家、政治家中的科学家,诚哉斯言。他不仅用自己的学术成果来促进社会发展,同时积极参与社会活动,用一个科学家的良知来维护这个社会的利益。

据武际可回忆,周培源对自己的工作,从来都是低调处理。1982年,学校传达要求上报国家自然科学奖的项目。武际可把周培源的湍流理论报了上去,大家觉得这个肯定能获一等奖。周培源不愿意申报,但其他同事坚持上报。后来,这个项目获得二等奖,大家都很意外。

一直到周培源先生去世后,大家才知道,对于这个奖项,他曾经给负责领导评奖工作的钱三强写信,明确表示:一等奖应该授予王淦昌、陈景润等同志,他的湍流理论得个二等奖比较合适。他写道:"即使将来再做一些工作并取得一些新的结果,我想也只能授予二等奖。"

"锲而不舍就是像锥子一样,数十年紧紧地锥住它,就是钢板也会锥出个孔来。如果一个人有这样的精神和毅力,总是可以做好几件事情的。"正是这种精神和毅力,让周培源在科学生涯中取得了惊人的成就,树立了一个高高的丰碑。

1992年周培源九十华诞时,社会各界纷纷祝贺。其中,聂荣臻元帅的题词是:"宗师巨匠,表率楷模。"曾任国家主席的李先念同志题词:"尽心国事,老当益壮。"

周培源(1902—1993),江苏宜兴人。著名流体力学家、理论物理学家、教育家和社会活动家。中国科学院院士,中国近代力学奠基人和理论物理奠基人之一。曾任清华大学教务长、校务委员会副主任,北京大学教务长、副校长和校长,中国科学院副院长,九三学社第九届中央名誉主席,中国人民外交学会副会长,中国人民争取和平与裁军协会会长,第五届全国政协副主席。著有《理论力学》《周培源科学论文集》《周培源文集》等。

本文参考来源:

1.《我国近代力学事业的奠基人——周培源》(唐廷友、武际

可,光明网,2005年6月9日)

2.《科学界一代宗师周培源,为什么却说这一生非自己所求》(宋春丹,《中国新闻周刊》总第987期)

3.《加州理工学院毕业的第一名中国博士生》(潘玉林,《MIT科研范》,2017年)

萨本栋：

穿铁衫上课的大学校长

一百年多前，较早觉醒的一部分中国人，张目海外，以"德先生""赛先生"为马首，师长技以自强，探求救国强国之路。

彼时的中国，已被工业化、现代化的浪潮所抛弃。特别是在自然科学领域，与西方强国的现代科学素养、现代科学技术相比，差距如沟壑般难以跨越。双方的交流，基本是处在一边倒的状态，中国以引进、吸收为主。

但就在这样的潮流中，出现了一个特例：

一位中国人用英文撰写的专著《交流电机基本原理》在美国出版，受到英、美多国学者的极高评价，先后被加州大学、卡内基理工学院等十几所名校采用为教材。

由此，开创了中国学者编写的自然科学专著被外国高校采用为教材的先河。

更让西人刮目相看的是，这位学者创立"萨氏定律"时，只有20岁出头。彼时，他还是美国伍斯特理工学院一名攻读电机和物理学的学生。

26岁，从清华学校毕业后仅七年，他就成了清华大学的教授。

33岁，他被聘为美国俄亥俄大学电机工程系客座教授，这在那个年代十分罕见。

35岁，他成了国立厦门大学的首任校长，为全国最年轻的国立大学校长，创造了中国抗战史上的教育奇迹。

43岁，他任中央研究院总干事。

……

他就是被后世称为"中国的脊梁"和"万人敌"的"铁衫校长"萨本栋。

多年后，诺贝尔奖得主杨振宁受聘为厦门大学名誉教授。有人问他为什么会接受这个聘请，他回答：就是因为厦门大学曾经有萨本栋！"我在美国留学时读的教材，就是萨本栋写的。萨本栋也算是我的老师，因为他是教材的作者！"

不愧为中国的脊梁

闽都朱紫坊的萨家,有"福州八大家"之称。萨氏先祖是色目人,曾世居雁门,故常称雁门萨氏。清末民初,萨家一门,英才辈出,有9进士6将军12博士。其中,萨镇冰是中国近代著名海军将领,先后担任过清朝的海军总司令、民国的海军总长,还曾代理过国务总理;萨本铁是著名化学家;萨本炎曾任台湾大学法学院院长;萨师俊曾任中山舰舰长……

出身于这样的名门望族,萨本栋家学渊源深厚,幼时即读遍传统典籍,再加上当时的福州已处开化风气之先,又受到新文化的浸润,自是风华正茂。

萨本栋先是就读于父亲在福州创办的新式学堂,后又随父北上京城,入读清华学校。在清华,他拼命汲取新知识,眼界大开,俨然成了站在风口的"新青年"。他和同学罗隆基、闻一多、潘光旦等积极参加各种学生运动,受到了洗礼。

从清华学校毕业后,萨本栋在庚款留美基金的支持下,1922年远赴美国,入读斯坦福大学,学习机械工程,两年后获工学学士学位。之后,他又进入麻省伍斯特理工学院,获得电机工程学士学位,旋即转习物理。

在伍斯特理工学院学习期间,萨本栋表现出了极强的自主意识和创新意识,发表多篇重磅论文,提出"萨氏定律",令学界为之一震。二十五六岁时,他就在美国电气工程师学会学报上发表《关于空气中的火花的研究》《三相系统的非平衡因素》等论文,让大家刮目。

1927年,萨本栋获得理学博士学位后,被聘为伍斯特理工学院研究助理,后来又任著名的西屋电机制造公司工程师。

1928年,萨本栋接到母校清华大学物理系主任叶企孙的邀请,毅然放弃在美国的工作,回国任物理学教授,讲授普通物理学、电磁学、无线电物理,并从事电路和无线电方面的科研工作。

萨本栋的才情与抱负得到施展。

在高手云集的清华园,萨本栋很快就锋芒外露,被师生誉为"站在本系第一道大门上的人",是清华教授评议会十四位委员中最年轻的一位。

此后十年间,是萨本栋科研的"黄金十年",他人生中的20余篇重磅论文,有17篇是在这一时期完成的。

彼时,国内在现代自然科学方面的研究尚处襁褓。萨本栋着手自编教材。1932年出版《物理学名词汇》,1933年出版《普通物理学》,1936年出版《普通物理学实验》,甫一问世,就受到多所大学的追捧。特别是后两本,是最早用中文正式出版的大学物理教材,广受欢迎。

数十年后,萨本栋的学生、"中国原子弹之父"钱三强回忆,当年,他因仰慕清华的大师,特地从北大预科转投清华大学物理系,"到了清华,首先普通物理课是用萨本栋先生自己编的中文教本,这在当时还是比较少有的"。

1935年9月,萨本栋被美国俄亥俄大学电机工程系聘为客座教授。这在当时的华人中,可谓凤毛麟角。

他创造性地将并矢方法和数学中的复矢量应用于解决三相电路问题,被认为开拓了电机工程新的研究领域。1936年,他在美国电气工程师学会学报上发表论文《应用于三相电路的并矢代数》,引起国际电工理论界的强烈反响,并据此获得美国"年度理论和研究最佳文章荣誉奖"。

在此论文基础上,萨本栋又用英文写成专著《并矢电路分析》,立即被选入《国际电工丛书》,被学界认为是一本集数学、物理、电机于一体的新著,在电机工程研究中属于新开拓的前沿,饮誉国际。

萨本栋因其在电机工程学上的突出成就,而被美国电气工程师学会接纳为外籍会员。

1946年,他用英文撰写的《交流电机基本原理》出版,受到欧美各国学界的极高评价,被加州大学、卡内基理工学院等十几所高校采用为教材。此举开创了中国人编写的自然科学专著被外国人采用为教材的先河。

清华大学理学院院长朱邦芬这样评价萨本栋:任何一个人,如果能做出萨本栋先生科学技术、教育、组织三方面成就的任何一个方面,就是一位了不起的人物。而萨本栋先生在他短暂的四十七年人生中同时完成这么多的光辉业绩,不愧为中国的脊梁。

萨本栋以强烈的家国情怀,挺起了中国的高度。

躺在床上授课的"铁衫校长"

1937年7月6日,在35岁生日前夕,萨本栋接到出任国立厦门大学校长的任命状。

第二天,"七七事变"爆发。

临危受命,顶着全国最年轻大学校长名号的萨本栋压力巨大。在日军的炮弹声中,他着手实施学校的搬迁事宜。

当其他高校往西南边陲迁移时,萨本栋决定留在福建,"要设在交通比较通达的地点,以便利闽浙赣粤学生之负笈;新校址的环境,要比较优良,以使员生得安心于教导与求学"。

他选择距厦门数百里外的闽、粤、赣交界的小城长汀作为落脚点。师生们长途跋涉,历经千辛万苦,仅用了20多天,就完成了内迁。1938年1月,厦大正式复课。

战火纷飞中,厦门大学在长汀遇到前所未有的困难。

萨本栋"亲自擘画、监督营造新校,旧房、衙署、文庙、废园广加改造,学校范围赖以扩充,学生人数较前倍增"。先是租用长汀饭店和附近民房为教职员宿舍,又借用专员公署,修整文庙祠堂为图书馆、实验室;然后,在北山之麓建造新校舍,挖修防空洞。原材料奇缺,师生们就用树皮代替屋瓦,用粗麻布代替窗玻璃。不久,一幢幢简易的校舍拔地而起。随着学校规模的扩大,最后,厦门大学几乎占据了半个长汀城。

新校区没有电力,萨本栋发挥自己的所学特长,亲自动手,把上级配给他的小汽车上的发动机拆下来,与从桂林买来的一台20千瓦的发电机配合组装起来,经过多日奋战,终于发出电来。

1937年厦大内迁时,全校师生只有两三百人,是全国规模最小的国立大学之一。偏居长汀一隅,更难请到名师。萨本栋以个人的声望、魅力,利用他在清华、留美学习时的人脉关系,延请了一批知名教授。其中,来自清华的教授就有四五十位,超过一半有留学欧美的履历。

青年时,萨本栋可以说是"文武双全"。他不仅学术做得好,还是体育健将,曾经入选清华网球校队,多次获得荣誉。在斯坦福大学留学期间,他与哥哥萨本铁还一起获得过美国高校"鲍德温杯"网球赛双打冠军。

曾经生龙活虎的汉子,最终被沉重的担子所压垮。长期超负荷的教学、管理工作,再加上恶劣的物质条件,让萨本栋积劳成疾。掌厦大几年,他患上了严重的胃病和关节炎,"面色苍白,弯腰驼背,挂着拐杖"。

但他不管校务有多繁忙、身体有多差,都坚持给学生上课。不仅讲授自己所擅长的数学、物理、电机,有时候别的老师有事,他还及时补位,帮忙代课。

"不辞辛苦力肩教学重担,所授课程门数之多、分量之重甚于一般教授。"作为校长,萨本栋一学期开设5门课,每周授课20多个课时,是所有老师中课时最多的。如此大的课时量,在和平年代都比较罕见。

甚至在病中,他都割舍不下学生。

有时顽疾发作,下不了床,萨本栋就让人在床边挂块小黑板,学生们围坐在旁边,他忍着剧痛,强撑着为大家上课。一堂课下来,几近虚脱。

有人说他教书教上瘾了,其实,他是着急为国家建设储备人才。

萨本栋的身体每况愈下。到了后来,粉笔掉在地上,他都没有办法弯腰捡拾,走路更是十分困难。夫人在他的请求下,找到医生,为他专门打造了一件"铁衫",套在身上。

萨本栋就是靠着这件"铁衫",支撑着他的上半身,为学生上课,为校务奔忙,为教育继绝学,为民族传薪火。

萨木栋此种毅力和精神,让无数师生泪下。

七年多的筚路蓝缕,萨本栋在中国的南方擎起了一盏明灯。从初迁长汀时的300多名师生,发展到抗战胜利时的1000多名师生。在1940、1941年举办的全国高校学生学业竞试中,厦门大学超过很多名校,两次蝉联冠军。

1944年,美国地质地理学家葛德石造访长汀,赞叹不止,称厦大"为加尔各答以东之第一大学"。其所谓"加尔各答以东",是指第二次世界大战的东方战场。

厦门大学创始人陈嘉庚两次来到长汀,给予高度评价。时任教育部部长陈立夫亦称赞:"厦大在萨先生领导下,居然以最少的经费,获得最多的成绩。"——厦大所获的经费拨款在全国所有大学中排名倒数第二。

萨本栋"以他在清华的标准来办厦大和教课",厦大成为当时中国南部综合条件最完备的大学,被誉为"南方之强"。在民间,厦大亦有"南方清华"之称。

以学生为本

2008年,厦门大学决定为学生提供免费米饭和矿泉水,由此成为中国第一个向学生提供免费米饭的大学,广受好评,成为网络热搜。

其实,厦大提供免费米饭的源头,就在长汀时期。

当时安顿下来后,几百人的吃饭问题成了头等大事。萨本栋四处奔走筹措,拜访当地官员和乡绅,筹得米粮,学生吃饭问题得以解决。

办学经费不足,环境艰苦,物资匮乏。很多学生在战乱中远离家乡,难以度日。

萨本栋决定带头减薪,只拿工资定额的三成多,节省下的钱全部给了学校。而自家常常入不敷出,每月过了20日,家里就要借钱度日。

在这种情况下,萨本栋想方设法为学生提供免费的餐饮。

多年后,厦大校友周咏棠回忆,战争时期学校早餐会免费供应一盘煮得很烂的黄豆,午餐则免费供应一盘蔬菜,饭也不要钱。

厦门大学是距离抗战前线最近的大学,时常受到日机的轰炸。萨本栋带领师生在学校后面的山里修筑十几个防空洞。每次突袭警报响起,萨本栋就指挥大家进洞,自己永远是最后一个进去。洞小人多,又缺少通风设备,他就指挥洞口和洞深处的人群不断换位,分享外面的新鲜空气。

有学生回忆,警报响了,大家都钻进防空洞里去。"但我们总看见他在洞外巡逻,如果有人以为飞机还未来爬上半山游玩,他是立刻就骂起来的。同学们读书成绩不好,他是绝不骂的,但空袭时无论对谁,一点也不留情。"

数年的殚精竭虑,萨本栋拖垮了身体。由于病情恶化,1949年1月,他病逝于美国旧金山,时年尚不满47岁。

他的遗嘱这样写道:"死后将尸体检验,为研究胃癌、关节炎及其他所有症状,可将身体上的器官及组织,尽照所需分量取出。"

拳拳之心,感人至深。

一个多月后,胡适在《申报》撰写《胡适致词赞扬萨氏四项事业》一文,称"萨先生的事业有四方面,即是清华大学、厦门大学、中央研究院,以及他的著作。他教授法非常之好,在北大教过一年物理,因为教得太好,以致他走后继任的教授不受学生欢迎了。他办的厦门大学,是抗战期间国内最优秀的大学。他主持中央研究院太负责任,以致耽误了病症。他所著的教书又是非常的成功。他一生二十年事业,无形中影响了无数的人。所以我赞成梅校长(注:梅贻琦,清华大学校长)的观点,觉得萨先生虽然与世长逝,他的精神却是不朽的"。

萨本栋(1902.7.24—1949.1.31),字亚栋,出生于福建省闽侯县,求学于清华学校、美国斯坦福大学、美国伍斯特理工学院。先后担任清华大学物理学教授、美国俄亥俄大学电机工程系客座教授、中央研究院院士。1937年被任命为国立厦门大学第一任校长,是蜚声海内外的物理学家、电机工程专家、教育家。1949年1月31日在美国逝世。著有《物理学名词汇》《普通物理学》《实用微积分》《交流电路》《交流电机基础》等。

本文参考来源：

1.《民国厦大校长萨本栋二三事》(赖晨,《档案时空》,2015年第1期)

2.《萨本栋教授生平》(《电气电子教学学报》,2002年第5期)

3.《"中国的脊梁"和"万人敌"——纪念萨本栋先生》(朱邦芬,《物理》,2013年第11期)

4.《一生归"1"萨本栋——"南方清华"的永恒回忆》(王雅静,《科学家》,2015年第7期)

5.《胡适与萨本栋的交往》(董立功,《兰台世界》,2014年第1期)

萨本栋的身体每况愈下。到了后来，粉笔掉在地上，他都没有办法弯腰捡拾，走路更是十分困难。夫人在他的请求下，找到医生，为他专门打造了一件"铁衫"，套在身上。

萨本栋（1902—1949 年）

"生固欣然，死亦无憾。花落还开，水流不断。我兮何有，谁欤安息？明月清风，不劳寻觅。"这是赵朴初对自己一生的总结。

赵朴初（1907—2000 年）

赵朴初：
明月清风，不劳寻觅

在近现代、当代中国佛教发展史上，有两位安徽人居功至伟。一位是杨仁山，安徽石埭人；一位是赵朴初，安徽太湖人。

杨仁山被称为"近代中国佛教复兴之父"。赵朴初作为新中国一代宗教界领袖，倡导"人间佛教"，长期担任中国佛教协会会长。在创造、践行宗教与社会主义建设相适应的理论与实践方面做出了杰出的贡献，擎起了佛教发展的新标杆。

书香门第有佛缘

1907年，赵朴初出生于安徽安庆天台里四代翰林府第中，4岁时随父母迁回老家太湖县寺前河居住。赵朴初五世祖赵文楷是嘉庆元年（1796）状元，四世祖赵畇为翰林院庶吉士、上书房行走,是李鸿章的岳父。

赵朴初的父亲赵恩彤,曾任县吏和塾师,生性敦厚。母亲笃信佛教,家中设有佛堂,每日早晨烧香拜佛。

7岁那年夏天,赵朴初在家中看到一只蜻蜓被蜘蛛网缠住了,不能动弹。赵朴初连忙找了一根竹竿,把蜻蜓救下。母亲见了,认为儿子小小年纪就有如此善心、慧根,十分欣慰。

第二天,母亲带他去寺院烧香。

寺院的师父听说赵朴初会作对联,就指着庙中的火神殿,出了一句上联:"火神殿火神菩萨掌管人间灾祸"。赵朴初很快对出:"观音阁观音大佛保佑黎民平安"。师父说:"这孩子将来必成大器。"

13岁时,赵朴初被家人送到上海,投靠表舅关絅之。

关絅之此时在上海做官。作为同盟会会员,他曾经帮助孙中山脱险。在中国现代佛教史上,关絅之地位突出,曾发起成立中国第一个居士林团体——佛教居士林。1929年中国佛教会成立时,关絅之是九名常委之一。

在舅舅的悉心教导下,赵朴初19岁那年考上苏州东吴大学。

后来,关絅之任上海江浙佛教联合会净业社社长。赵朴初在此任秘书,负责收发报纸,起草文件。从那时起,他便在表舅的指引下研究佛经、攻读佛法。

关䌹之创建上海佛教慈幼院并任院长,日常工作即由赵朴初去做。

赵朴初先后任上海江浙佛教联合会秘书、上海佛教协会秘书、净业社社长,开始和高僧大德有了深层次的接触,攻读卷帙浩瀚的佛经,将在大学所学的知识融会到佛学中,在佛学方面的造诣日益精进。

1935年,经圆瑛法师介绍,赵朴初皈依佛门,成了在家居士。

30出头被称为"赵朴老"

抗日战争爆发后,国难当头,赵朴初与圆瑛法师一同成立了上海佛教护国和平委员会。

"八一三"淞沪战争爆发后,上海佛教护国和平委员会组织上海僧侣救护队,开赴吴淞前线,抢救伤员。

在街上,赵朴初与好友吴大琨一起,不顾自身安危,手拿小红旗,一前一后,带着难民,从上海西藏路往北边的宁波同乡会走。"当时流弹就从他们头上呜呜地飞",难民们感动不已,称赵朴初是菩萨再世。

当时,沪上报童纷纷叫卖:"看报!看报!赵朴初菩萨再世,侠肝孤胆护难民!"

在圆瑛、赵朴初等人的领导下，几十个难民收容所陆续收容了几十万名难民。

赵朴初还曾冒着生命危险，护送700名难民所的青年奔赴皖南、苏南、苏北等地前线，参加抗战。

后来，赵朴初与胡愈之、许广平等人创办抗日救亡组织——益友社，赵朴初任理事长，30出头的他，被人称为"赵朴老"。

抗战期间，赵朴初先后任上海文化界救亡协会理事、中国佛教协会主任秘书、上海慈联救济战区难民委员会常委兼收容股主任、上海净业流浪儿童教养院副院长、上海少年村村长。他积极宣传抗日主张，团结爱国人士。

抗战胜利后，赵朴初积极参加争取民主、反对内战、解救民众的爱国民主运动。1945年12月30日，赵朴初与马叙伦、王绍鳌、林汉达、周建人、雷洁琼等在上海成立中国民主促进会。

新中国成立后，赵朴初任中国人民保卫世界和平委员会常委、副主席，亚非团结委员会常委，中国人民救济总会上海市分会副主席兼秘书长，华东民政部、人事部副部长，上海市人民政府政法委员会副主任。

中国共产党的亲密朋友

1951年底,赵朴初因为经手巨额捐款和救济物资,被重点核查。经过层层审查,结论是赵朴初经手的巨额款项和物资没有问题。周恩来称赞说:"赵朴初是国家的宝贝啊!"从此,就有了赵朴初是"国宝"的说法。

作为著名社会活动家,赵朴初在新中国成立后,以极大的热情参与到社会建设、宗教、中外交流、国家统一、世界和平等各项事业中去。

他义无反顾地与中国共产党和全国人民站在一起,同国家、民族的命运紧密相连,展现了他热爱祖国、热爱人民的高尚情操。

赵朴初先后任中国佛教协会副会长兼秘书长,中国作家协会理事,中日友好协会副会长、中缅友好协会副会长,中国红十字会副会长、名誉副会长,中国人民争取和平与裁军协会副会长。

作为中国民主促进会的创始人之一,他先后任民进中央常委、民进中央参议委员会主任、副主席、名誉主席,是中国民主促进会德高望重的卓越领导人。他同几代国家领导人都有着亲密的友谊。

他致力于维护民族和国家的尊严,致力于促进祖国和平统一,充分发挥宗教在国际交往中的积极作用,加深中国人民与世界人民的友谊,为维护亚洲和世界和平做出了贡献。

改革开放以后,赵朴初任中国佛教协会会长、中国佛学院院长、中国宗教和平委员会主席、中国书法家协会副主席、全国政协副主席等职。

作为著名的爱国宗教领袖,赵朴初在国内外宗教界有着广泛的影响,深受广大佛教徒和信教群众的尊敬、爱戴。他佛学造诣极深,《佛教常识问答》等著述深受佛教界推崇,多次出版,流传甚广。

他创造性地把佛教的教义融于中国特色社会主义伟大事业之中,积极为社会主义物质文明和精神文明建设做贡献,加强对宗教事务的管理,积极引导宗教与社会主义社会相适应。

除了佛教之外,赵朴初还是享誉海内外的著名作家、诗人和书法大师。他极擅行楷,其书法厚重隽秀、挺拔清健、笔力劲健而又有种雍容宽博的气度,隐隐透出一种佛家气象。

他的词曲作品曾先后结集为《滴水集》《片石集》,不少名篇在国内外广泛传诵。周恩来曾说过:"作家协会应当吸收赵朴初先生为会员。他在文学、诗词方面都有很高的造诣,而且很有名气。"

一直以来,赵朴初都秉持慈善为怀的理念,长期从事慈善事业。他生前立下遗嘱,遗体凡可以移作救治伤病者,请医师尽量取用。

2000年5月21日,赵朴初因病逝世,享年93岁。

作为著名的社会活动家、伟大的爱国主义者、中国共产党的亲密朋友,赵朴初一生都在追求进步、追求真理、追求和谐,为造福社会、振兴中华做出了不可替代的卓越贡献,在海内外享有崇高威望和广泛赞誉。

"提到赵朴老,我真是早已久仰久仰了。"国学大师季羡林如此评价,"他是著名的身体力行的佛教居士,中国佛协的领导人,造诣高深的佛学理论家;他又是蜚声书坛的书法家;他还是有悠久革命经历的国务活动家。赵朴老真正是口碑载道,誉满中外,成为人们景仰的对象。可就是这样一位名人、一位大人物,却丝毫没有名人的架子、大人物的派头,同他一接触,就会被他那慈祥的笑容所感动,使人们如坐春风,如沐春雨,感到无比的温暖和幸福。"

"生固欣然,死亦无憾。花落还开,水流不断。我兮何有,谁欤安息?明月清风,不劳寻觅。"这是赵朴初对自己一生的总结。

赵朴初(1907.11.5—2000.5.21),安徽安庆人,中国民主促进会创始人之一,卓越的佛教领袖、杰出的书法家、著名的社会活动家与伟大的爱国主义者。1936年后参加抗日救亡活动,曾任上海慈联会救济战区难民委员会常委,负责收容工作,动员、组织青壮年参加新四军。1939年参加宪政促进运动。1945年参与发起组织中国民主促进会。1949年9月出席中国人民政治协商会议第一届全体会议。中华人民共和国成立后,历任华东军政委员会民政部副部长,华东生产救灾委员会副主任,中国作家协会理事,中国书法家协会副主席,中日友好协会副会长、顾问,中国佛教协会副会长、会长,中国红十字会名誉会长,中国人民争取和平与裁军协会副会长,西泠印社社长,全国政协副主席。长期从事佛学研究,擅长诗词、书法。著有《滴水集》《片石集》《佛教常识问答》等。

本文参考来源:

1.《赵朴初同志生平》(新华社北京2000年5月30日电)

2.《赵朴初:释迦门里的勇者》(徐长安,中国新闻网,2000年5月30日)

3.《纪念赵朴初先生逝世二十周年系列活动在太湖举行》(刘辉、胡治进、梅大宋、吴阳金,太湖县人民政府网站,2020年10月31日)

貳　风华

李方桂：
"中国非汉语语言之父"

他推掉了送上门的"官帽"

1940年,38岁的李方桂正在云南、四川做田野调查。中央研究院院长朱家骅拟请他出任民族学研究所所长(一说是语言组主任),于是便托中研院历史语言研究所所长、中研院总干事傅斯年出面邀请。

这里要交代一下,1929年中研院历史语言研究所成立之初,李方桂刚从美国留学回来,在国内还是个默默无闻的小伙子。所长傅斯年在赵元任的推荐下,独具慧眼,邀请李方桂担任专职研究员。要知道,和李方桂同时被聘为首批研究员的可都是陈寅恪、赵元任这样的大师(李从清华学校毕业时,这二位已经和梁启超、王国维同为清华国学"四大导师"了）！

按理说，李方桂怀傅斯年的知遇之恩，这次面对送上门的职务，应该是顺水推舟、欣欣然接受的。

但傅斯年去了几次，李方桂都没给面子。对自己学问之外的东西，他是没有什么兴趣的，平日里就亮出"一不拜官，二不见记者"的风格。他的学生马学良说："先生很少参加社会活动，几乎无日不到研究室，每进研究室即伏案潜心著作，不终篇默无一言。"

傅斯年出于公心，想延请一位德才兼备者领导一个团队。而李方桂把心思全放在自己的学问上，对于这种送上门来的好事，并不领情。一个登门相邀，一个坚决不从。最后，李方桂急了，冲着年长数岁的傅斯年放炮："我认为，研究人员是一等人才，教学人员是二等人才，当所长做官的是三等人才。"

平日里恃才傲物的傅斯年听了，躬身给李方桂作了一个长揖，边退边说："谢谢先生，我是三等人才。"

傅斯年也是著名的"大炮"，"自负才气，不可一世"。他曾是五四运动的游行总指挥，掌管过西南联大、北京大学、台湾大学，被胡适称为"人间最稀有的一个天才"。他还曾上书蒋介石，发表文章，炮轰孔祥熙、宋子文。他能容忍部下"三等人才"的讥讽，并不以权势压人，实乃大家风范。

多年之后,李方桂撰文回忆傅斯年,盛赞:"只要我想做些什么研究,他无不赞成,这也是一件很难得的事情。"

研究,成了李方桂事业的全部。

李方桂是当时不愿入仕做官的学者中的一个。他们以学术为身家性命,视做官为羁绊。气节也罢,风骨也罢,清高也罢,总之,他们的独立之精神,一直在。

四年获得三个学位

喜爱国学的人,大概都知道清华"四大导师"之一的赵元任,其有"中国现代语言学之父"之谓。

但很少人知道李方桂。

只有语言学专业的人才会知道,真正在世界语言学领域居于领导地位的中国人,大概只有赵元任、李方桂几位。而美国的语言学家对李方桂的评价更高:已故的李方桂教授被公认为20世纪最伟大的语言学家之一。

李方桂最响亮的名头,与傅斯年有关。傅曾说过,赵元任是"中国现代语言学之父",而周法高接着这茬儿往下说:李方桂是"中国非汉语语言学之父"。

李方桂原籍山西省昔阳县大寨,其祖、父一门两代进士及第。

他出生在广东,因为父亲在那儿做官。李方桂自幼聪颖,7岁时便能蹲在椅子上陪父亲的同事打麻将。

后来,父亲回山西,他随母亲居北京。母亲曾是慈禧的代笔女官,见识非一般人所能比。在母亲一人的操持下,李方桂受到极好的教育。私塾毕业后,他先后就读于北京师范学校附小、附中。1921年,他考入清华学校医科预科,但对语言学很感兴趣。

像同时代的预科学生一样,李方桂顺利地从清华毕业后,先后进入美国密歇根大学、芝加哥大学,开始学习令自己着迷的语言学。

兴趣加上天赋,使他如鱼得水。

他1926年获语言学学士学位,1927年获硕士学位,1928年获博士学校。四年获得本、硕、博三个学位,这在美国教育史上十分罕见。后人评价,李方桂是中国赴美留学获得语言学博士学位第一人。

在美学习期间,李方桂先后师从国际著名人类学家、语言学家爱德华·萨丕尔和结构主义语言学的开山鼻祖伦纳德·布龙菲尔德等大师,研究普通语言学、比较语言学方法和印欧语史学的知识,学过希腊拉丁语比较、古波斯语、袄教经典语言、古斯拉夫语,又做了泰语、藏语、梵语、立陶宛、古挪威语、吠陀语等方面的深入探讨。

李方桂的硕士论文《萨尔西语动词词干研究》(*A Study of Sarcee Verb Stem*),被美国著名语言学家迈克尔·克劳斯称为"阿萨巴斯坎语言研究中众所周知的里程碑"。而他的导师萨丕尔则这样表扬他:"一个中国学生在他第一次田野调查中,发现了一个大家以为已经灭绝了的重要的印第安语。……这个语言对于拟测整个阿萨巴斯坎语的原始特征可能具有特殊的重要性,第一次田野调查就有此成果是难得的。"

在研究过程中,李方桂记录了一些部族里面最后一个懂得用自己原来的语言讲述的人。那个部族消失之后,他的记录就成了极为重要的档案。他对最后两位马佗里印第安人的语言调查研究,是现存的对该语言进行研究的唯一成果。

甚至有一些美洲原住民的后人都想向李方桂学习他们已经失落的祖先语言。

有评论认为,他是当时全世界唯一一个在古代汉语言文化、汉藏语系与历史文化、侗傣语、美洲印第安语、中国其他少数民族语言等多个领域里都做出了基础性贡献的语言学家。

"我们从事语言研究,不要把范围限制在某一种语言上,同时研究的角度不要只是单方面的,可以从社会语言学、心理语言学、比较语言学角度研究。这范围很广,总之要求博而能精。"李方桂说。

一位世界级学者，一个人格高尚的人

赵元任对李方桂评论甚高："中国语言学家之中，只有极少数人，研究的范围涵盖汉语的南北古今及其他相关的语言，其中之一就是我的老友兼同事李方桂。"

获得博士学位后，导师准备留李方桂在美国继续做研究，但他下了决心："我要回国！"

李方桂回国的消息受到多方关注。船到上海，中央研究院院长蔡元培、总干事杨杏佛、语言学家赵元任、地质学家李四光、历史语言学研究所所长傅斯年等亲自迎接。他回国当天即被聘为中央研究院历史语言研究所的专职研究员。彼时，他才27岁。

继1929年被中研院历史语言研究所聘为研究员后，数十年间，李方桂先后在燕京大学、哈佛大学、耶鲁大学、芝加哥大学、华盛顿大学、夏威夷大学、普林斯顿大学等中美多所知名学术机构和大学，从事语言研究和教育工作，培养了丁声树、傅懋勣、马学良、张琨、柯蔚南等国内外知名学者，是当之无愧的中国民族语言研究的奠基人。

1939年，李方桂在美国耶鲁大学担任客座教授期满，决定回国。彼时，中国战火纷飞，而一双儿女幼小。妻子徐樱从一个母

李方桂是当时不愿入仕做官的学者中的一个。他们以学术为身家性命,视做官为羁绊。气节也罢,风骨也罢,清高也罢,总之,他们的独立之精神,一直在。

李方桂（1902—1987 年）

亲的角度出发,准备投奔在欧洲的哥嫂。在买船票时,李方桂心情沉重,打算买一张去中国的、三张去意大利的。然而,深爱着丈夫的徐樱临末改变了主意:"四口人都回中国!"

徐樱为名门之后,其父徐树铮是中国近代史上著名的政治、军事人物,北洋军阀皖系名将,曾任北洋政府国务院秘书长。

回到国内,李方桂主要在历史语言研究所开展工作。在纷飞的战火中,工作、生活条件自然无法与美国相比。他带领学生奔波于中国西南各地,针对少数民族语言开展田野调查。

他曾在云南、广西、贵州等地调查侗傣方言 20 余种,足迹遍及中国西南,被称为"国际侗傣语语言学界的第一人"。

因为经常出没于最偏僻的乡间,他每次外出回到家,都带回来一身的虱子。徐樱就将他的棉衣放在蒸笼里蒸。有一次,傅斯年来访,而棉衣还在蒸笼里,李方桂只好裹着被子,与傅斯年探讨问题。

在大西南奔波的那段岁月,虽然条件艰苦,但李方桂苦中作乐。蛰居成都时,他与陈寅恪、吴宓、萧公权写诗唱和,不亦乐乎。

除了学术成就外,李方桂还被称为"天才的艺术家"。他擅长中国画和西洋画,曾为"张家四姐妹"之一的张充和的书配画。他在音乐上也有很高的造诣,曾和多位名家合作过昆曲。

李方桂曾当选美国语言学会副会长,出任美国国际语言学杂志副主编等。

一位中国人,能成为美国学界的领军人物,实属罕见。

1987年8月,李方桂在美国加州去世。有媒体撰文援引外电报道:"中国的四位世界级语言大师在罗常培、林语堂和赵元任相继逝世以后,硕果仅存的'少数民族语言学之父'李方桂的去世,代表了人文科学领域语言学时代的历史结束。薪尽火传期待的大师再现,只能寄希望于后来者了。"

华盛顿大学教授乔治·泰勒说:"我们只要想起方桂那沉静而宽厚的风范,内心就激荡不已。他是一位世界级公民,世界级学者!是国际学术合作力量的一座灯塔!是一个人格高尚的人!"

乔治·泰勒还说:"如今我们痛失了一位杰出人物,我们唯一能够弥补的是,永远纪念他、了解他。"

学术,于李方桂等大家而言,是一生追求、为之奉献的真理。

李方桂(1902.8.20—1987.8.21),英文名Fang-Kuei Li,原籍山西昔阳。语言学家,中国现代语言学主要奠基人之一。先后在密歇根大学和芝加哥大学读语言学,师从著名语言学家鲍阿斯、萨丕尔、布龙菲尔德。《中国大百科全书·语言文字》说他是"中国在外国专修语言学的第一人"。为国际语言学界公认的美洲印第安语、汉语、藏语、侗傣语之权威学者,并精通古代德语、法语、古拉丁语、希腊文、梵文、哥特文、古波斯文、古英文、古保加利亚文等。著有《龙州土语》《武鸣土语》《水话研究》《比较泰语手册》《古代西藏碑文研究》等,以及近百篇论文,有"中国非汉语语言学之父"之誉。

本文参考来源:

1.《李方桂学术年谱》(高永安,《中州大学学报》,2015年4月)

2.《悼念我的老师李方桂先生》(马学良,《中央民族学院学报》,1987年第6期)

3.《李方桂:中国民族语言学的奠基人》(王启龙,《民族语文》,2003年第6期)

4.《李方桂先生口述史》(李方桂著,王启龙、邓小咏译,清华大学出版社,2003年9月1日)

5.《少数民族语言学之父李方桂》(史文寿,《沧桑》,2001年4月)

6.《哲人丰碑——深切悼念语言学大师李方桂先生》(严学宭,《语言研究》,1987年第2期)

台静农：
鲁迅之外，他是最成功的一位

"二十年代，中国小说家能够将旧社会的病态这样深刻地描绘出来，鲁迅之外，台静农是最成功的一位。"1985年，著名报人刘以鬯在文学评论专著《短绠集》中高度评价台静农。

而与台静农亦师亦友的鲁迅则这样评价他："在争写着恋爱的悲欢，都会的明暗的那时候，能将乡间的死生，泥土的气息，移在纸上的，也没有更多，更勤于这作者的了。"鲁迅将台静农的4部作品收入自己主编的《中国新文学大系》，与他本人入选的篇数相等，并列第一，并在序言中将台静农重点赞扬了一番。

为文之外，台静农还是著名的书法家、画家、篆刻家、文艺评论家、教授，与"南张北溥"张大千、溥心畬等是终生好友。张大千曾这样评价："三百年来，能得倪（倪元璐）书神髓者，静农一人而已。"

新文学的燃灯人

光绪二十八年(1902),台静农出生于皖西叶集。其父台肇基,国学功底深厚,且兼具新派意识,毕业于中国最早的政法学校——天津北洋法政学堂,曾任安徽高等法院首席检察官。

台静农幼秉家训,读经史、习书画,8 岁入私塾,12 岁入新式学堂。

中西合璧,自是功底不凡。

多年后,台静农的幼时同学、著名翻译家李霁野在《我的生活历程(一)》中回忆道,小时候家乡叶集常发生火灾,而乡亲们又迷信,怕救火会引起火神更大的愤怒,不敢轻易灭火而任其肆虐。台静农和李霁野、韦素园、韦丛芜、张目寒等同学发起一项"革命"行动,推倒了火神庙里的神像,轰动一时。

年稍长,台静农随从到湖北任职的父亲南下汉口,就读于大华中学。五四运动后,他与同学创办《新淮潮》,积极推进新文化、新思潮的宣传,"立定脚跟撑世界,放开斗胆吸文明",崭露头角。

然,未等毕业,他又转身北上,来到新文化运动的中心——北京大学中文系旁听。

一到北大,台静农便如鱼入水,浸润在新文化运动领袖李大钊、鲁迅、胡适等人的阳光里。1922年6月,台静农与汪静之、章衣萍、胡思永(胡适之侄)等人发起成立"明天社",以新诗为剑,劈向那黑屋子般的旧世界。台静农在《民国日报》副刊《觉悟》发表《宝刀》一诗,此为他发表的第一首新诗。1923年,他发表第一篇小说《负伤的鸟》。

其时,台静农幼时同学张目寒在鲁迅门下求学。经其介绍,台静农结识了鲁迅。1925年8月,在鲁迅的倡导下,文学社团"未名社"在北京成立。

"未名"意为"还未想定名目"。成立"未名社"的原因之一,是当时鲁迅不满于某些书店看不起年轻人的译作。他建议韦素园、李霁野、台静农等人成立一个新的出版社。在鲁迅的支持下,这个文学团体编辑《莽原》《未名》半月刊,译介、出版了不少文学作品,特别是苏俄文学,渐渐成为中国近代文学史上的一面旗帜。

未名社最初只有六名成员,除鲁迅和曹靖华外,韦素园、台静农、李霁野、韦丛芜都是安徽六安叶集老乡。

不久,鲁迅赴厦门任教,曹靖华去苏联留学,韦素园等四人实际成了未名社的骨干,后人称为"未名四杰"。

关于"未名四杰"这一说法的来历,在这里稍稍交代一下:20世纪80年代中期,《霍邱县文化志》中专章记述了"未名社",把韦素园、台静农、韦丛芜、李霁野合称为"未名四杰",这是"未名四杰"一说的最初来源。

台静农的小说集《地之子》是未名社小说创作的重要成果,也是这一时期中国乡土文学的代表作。小说从题材到写作风格,多师法鲁迅。

《地之子》共收录了台静农创作的14部小说,其中有10部属于乡土小说,包括《天二哥》《红灯》《新坟》《蚯蚓们》《拜堂》《烛焰》等,多取材于他的故乡皖西乡村。书中对民风民俗、人情世故均有涉及,特别是对土地、对农民的深沉悲悯,更形成了台静农的独特风格。

由此,文学界将他称为"新文学的燃灯人"。

"在对旧中国农村社会的解剖和农民精神病苦的表现上,台静农堪称坚实沉着的'地之子'。"(《中国现代文学史》)

后来,鲁迅编选《中国新文学大系·小说二集》,选录了台静农的《天二哥》《红灯》《新坟》《蚯蚓们》等4篇。这个篇数,和鲁迅本人的作品数量一样,并列第一。

"还印行了《未名新集》,其中有丛芜的《君山》,静农的《地之子》和《建塔者》,我的《朝花夕拾》,在那时候,也都还算是相当可看的作品。"鲁迅这样评价未名社的成果,看似自谦,实则充溢着自豪,特别是对后辈们的褒奖。

鲜明的批判色彩让台静农跻身关注民生、关心民瘼的进步作家行列。1930年,他加入"北方左翼作家联盟",并当选为常务委员。1928至1934年,他曾因"共党嫌疑"三次入狱。

热爱祖国,热爱乡土,深深地扎根于普通民众,与故土的乡民同呼吸,是台静农作品的鲜明特色。

他的朋友圈:鲁迅、陈独秀、张大千……

提及鲁迅的性格,大多数人会想到耿直、孤傲、严苛等这样的词语。有着"最硬的骨头"的他对友人的要求也十分严格。鲁迅的敌人远多于朋友,他对不喜欢的人永远是"横眉冷对""绝不宽恕"。

但鲁迅对小他20岁的台静农,青眼有加,饱含温度。基于在未名社打下的基础,二人结下了长久的情谊。

"台君为人极好。"鲁迅对台静农的人品给予高度评价。

平生风义兼师友。台静农对鲁迅的敬仰更是显而易见。他深深地被鲁迅作品中的战斗精神所折服,"这种精神是必须的,新的中国就要在这里出现,""我爱这种精神,这也是我集印这本书的主要原因"。1926年7月,台静农花了很大工夫,将那一时期鲁迅发表的作品及外界关于鲁迅的评论文章,编成一本《关于鲁迅及其著作》,并写了序言,先由未名社印行,后由上海开明书店等出版社出版。

这是台静农编著的第一本书,也是新文学运动以来第一部专门评论鲁迅的论著。

据《鲁迅日记》记载,从1925年两人结识至1936年鲁迅逝世,他们交往的次数超过180次,平均一年有10多次的接触。在通信方面,台静农致鲁迅信件有74封,鲁迅致台静农信件有69封。其中,收录于《鲁迅书信集》中的就有43封。

在这些信件中,其中一封中有关于诺贝尔文学奖的讨论,特别引起众人的关注。

那时,鲁迅是离诺贝尔文学奖最近的作家。1927年,瑞典人斯文·赫定来到中国,读了鲁迅的作品,甚为敬佩,便与中国新文化运动先驱、文学家刘半农商议,打算推荐鲁迅为诺贝尔文学奖的候选人。刘半农托台静农给鲁迅写了封信,但鲁迅回信后拒绝了。这封回信是这样写的:

"我感谢他的好意,为我,为中国。但我很抱歉,我不愿意如此。我眼前所见的依然黑暗,有些疲倦,有些颓唐,此后能否创作,尚在不可知之数。倘这事成功而从此不再动笔,对不起人;倘再写,也许变了翰林文字,一无可观了。还是照旧没有名誉而穷之为好罢。"

台静农与安徽老乡陈独秀的交往颇具戏剧性。1938年,陈独秀出狱后应老乡邓初之邀,流寓重庆江津。邓初也是台静农的好友。

台静农对陈独秀自是敬慕已久,而陈独秀对他也是早有耳闻。

有一天,台静农受老舍之邀,作纪念鲁迅的报告,路过邓初家。陈独秀听说了,早早地等候着。台静农刚一到,邓初便高呼:"静农到了!"陈独秀即迎上前来,伸手和台静农紧紧相握。"虽未见过面,但就像老朋友一样。我对这位曾是中共创始人,又是我思想进步启迪者的大文豪肃然起敬。可他一点架子也没有,也不谈政治,只谈诗文、习字。从此,我们便成了忘年交(他年长我23岁)的文友、诗友、字友。"

从此以后,二人经常见面叙谈。即使不见面,二人也经常书信往来。仅《台静农先生珍藏书札》一书,就收录了陈独秀写给台静农的信函、诗文104封。虽然陈独秀比台静农大20多岁,但他在写给台静农的信中,一直以"兄"敬称。可见他对台静农人品、学识的认可,同时也展现了他的谦逊品行和宽广胸襟。

除了探讨诗词、书法,二人还就人生、社会、生活等内容展开了深入的交流。这些信函,可谓珍贵的史料。

台静农父子都工于书法,而陈独秀亦有书法专长。他曾为台静农写过一副对联:"坐起忽惊诗在眼,醉归每见月沉楼。"他还为台肇基写了一幅篆书,内容是:"行无愧怍心常坦,身处艰难气如虹。"

台静农与被称为"五百年来一大千"的一代宗师张大千的大半生的交往,也始于张目寒的介绍。抗战期间,两人都避难于川渝,往来更为频繁。张大千得知台静农喜临明末书法大家倪元璐,便将自己珍藏的倪书真迹赠予台静农。台静农不负厚望,终成气候。

寓居台北后,台静农到台湾大学任教,本没有长居的打算,所以给自己的居所取名为"歇脚庵",但这一"歇"就是数十年。年届八旬,他自觉回乡无望,于是将"歇脚庵"改为"龙坡丈室",请张大千题写了横匾。

而张大千斥巨资修建的园林别墅"摩耶精舍"的匾额,则是台静农书写的。

台静农先生于绘画、篆刻皆有所长。张大千嗜梅,每逢其寿辰,台静农都以所画梅花图祝寿。张大千总是十分高兴地连声夸赞:"画得好!画得好!"书画之外,台静农还为张大千治印多枚。在张大千所用印章中,出自台静农刀下的最多。他所作楷书《张大千八十寿序》,现在在书画市场上已经炙手可热了。

国学大师罗锦堂曾受教于台静农。有一次他在报上看到张大千的画上有一段题跋,文采斐然,便对台静农说,以前只知道张大千的画了不起,没想到他的文笔也极佳。"你如何得知?"台静农问。罗锦堂讲了题跋。台静农长长地吐出一口烟,笑着说:"那是我写的。"

1986年3月,在张大千去世三周年之际,台静农专撰《伤逝(挽张大千)》一文,细述二人交往的点滴,抒缅怀之情。

书画大家启功与台静农交往甚密。台静农很喜欢启功的画,常向人推许:"启功的画好。"在他的歇脚庵一进门最显眼处,就是启功与溥雪斋合作的山水画。

启功曾赠《故都寒鸦图卷》予台静农,台静农极为珍爱。他颠沛流离大半生,从北平到四川,从江津到台湾,从台北到美国波士顿,这幅画他一直随身携带。

在启功眼里,台静农是由人品、性情、学问以及文学艺术成就综合而成的"一位完美的艺术家"。1985年,启功从友人处得到一本《静农书艺集》,"高兴得几乎要跳起来",连忙撰写《读〈静农书艺集〉》一文,发表在《读书》上。后来,他又挑选了台静农的5幅书法作品,附上自己的《读〈静农书艺集〉》、台静农的《我与书艺》,发表于《中国书法》杂志。这是中国大陆最早对台静农书法艺术所做的比较概括的介绍。1987年,人民美术出版社出版《台静农书法选》,启功题签并作序。

"若干年来,总想念这位老朋友,更盼望再得相见。若从我这薄劣的书艺看,又不免有些怕见他了。最后拿定主意,如果见到他,绝不把我的字拿给他看。"启功如此说道。由此可见他对台静农的敬仰。

为文之外,书画篆刻皆精深

"余之嗜书艺,盖得自庭训。先君工书,喜收藏,耳濡目染,浸假而爱好成性。初学隶书《华山碑》及邓石如,楷行则颜鲁公《麻姑仙坛记》及《争座位》,皆承先君之教。"台静农在《静农书艺集·自序》中,如此追溯了他学书的历程。

求学时,台静农投师于书法大师沈尹默先生的门下,又遇到张大千等书法大家,"思平生艺事,多得师友启发之功",书道不断精进。

自四川至台湾任教后,台静农身悬孤岛,教学读书之余,"每感郁结,意不能静,惟弄毫墨以自排遣",常习隶、行、草各体,均得大成就,涉猎绘画、篆刻、古体诗,皆呈精湛相。

艰难困苦,玉汝于成。幼时的根底、先天的禀赋、后天的苦练、师友的启发,使台静农书法渐臻化境。他的书画作品,折射的是他的学识、阅历、气度、风骨。

"取晋唐宋元之长,融倪元璐之献正相生,乃能苍润遒劲、姿态横生、转折豪芒、顿挫有致、笔势翔动、创意盎然、气味逸雅。台先生也能画,所画梅兰,笔墨生动、极尽雅致,当由读书万卷,故笔墨之间,自然流露书卷气。"辅仁大学中文系主任、著名学者王静芝对台静农的书画艺术作如此评价。

著名美术评论家蒋勋先生评论道:"静农先生的书法,动势的狂辣向往晚明,线条的起落和移动则来自汉隶北碑,是颇为复杂的综合。"启功评价其"信手而主,浩浩落落,至酣适之处,真不知是倪是台","台先生的法书,错节盘根,玉质金相"。

张大千更是由衷赞曰:"三百年来,能得倪书神髓者,静农一人也。"

1982年,台静农在台北举办书法展,轰动一时。日本书道家将其列为台湾书艺之首,与于右任齐名。《雄狮美术》推出"书家台静农专辑",由学理上阐释台静农在书法上的杰出成就,从而奠定了他在书法史上的崇高地位,故台静农有"台湾第一书法家"之称。

台静农对历代书法家、书法艺术也有很深的研究。1985年出版的《静农书艺集》,堪称经典之作。

后台静农专攻古典文学研究,阐扬文化精义,著有《两汉乐舞考》《论两汉散文的演变》《论唐代士风与文学》等,立论创新,精微独到,于传承文化功不可没。

米寿之秋,台静农逝于台湾。

其临终前有诗云:"老去空余渡海心,磋跎一世更何云?无穷大地无穷感,坐对斜阳看浮云。"

台静农(1902.11.23—1990.11.9),本姓澹台,字伯简,安徽霍邱(今六安市叶集区)人。著名作家、文学评论家、书法家。早年系未名社成员,与鲁迅是终生挚友。曾先后执教于辅仁大学,齐鲁大学,山东、厦门诸大学及四川江津女子师范学院,后为台湾大学教授。其广泛涉猎金文、刻石、碑版和各家墨迹,篆、隶、草、行、楷诸体皆精,亦擅篆刻、绘画。著有《地之子》《建塔者》《龙坡杂文》《两汉乐舞考》《论两汉散文的演变》《论唐代士风与文学》《静农书艺集》等。

本文参考来源:

1.《台静农:坐对斜阳看浮云》(张丹,《语文世界》,2011年第10期)

2.《"烟酒贵族"台静农》(史飞翔,《人民政协报》,2013年8月29日)

3.《台静农:不归故园的"燃灯人"》(翟广顺,《淮北职业技术学院学报》,2013年第2期)

4.《我所了解的台静农》(陈漱渝,《中国书法》,2015年第23期)

5.《回忆台静农》(陈子善,上海教育出版社,1995年)

其临终前有诗云:"老去空余渡海心,蹉跎一世更何云?无穷大地无穷感,坐对斜阳看浮云。"

台静农 (1902—1990年)

韦素园辗转各地，眼界不断开阔。在光明与黑暗博弈、进步与守旧互争的复杂环境中，"决不能叫四亿同胞再受熬煎"的报国热忱，坚定了他前行的信心。

韦素园（1902—1932年）

韦素园：
鲁迅说这个年轻人的病逝，是中国的一个损失

纵观鲁迅一生，总共有三次为人书写碑文：一次是为好友曹靖华之父曹植甫书写《曹植甫先生教泽碑文》，全文连同标题落款共计313个字。一次是为日本友人撰写墓记，全文120余字。还有一次，就是为他"所熟识的"韦素园书写碑文。

"君以一九〇二年六月十八日生，一九三二年八月一日卒。呜呼，宏才远志，厄于短年。文苑失英，明者永悼。弟丛芜，友静农、霁野，立表，鲁迅书。"写完碑文之后，他还亲书了"韦君素园之墓"。

"宏才远志，厄于短年。文苑失英，明者永悼。"这16个大字，是鲁迅对韦素园的极高褒奖。

此前，鲁迅去探望病中的韦素园。回家后，他便写信给许广平："想到他将终于死去——这是中国的一个损失——便觉得心

脏一缩,暂时说不出话来。"

两年后,鲁迅又撰写了3000字的长文《忆韦素园君》。在鲁迅的作品中,用这么长的文字去怀念一位年轻人,实属罕见。

韦素园是谁,这么让一代文豪牵挂?!

倔强的少年:抛去世间尘俗气

皖西叶集,居大别山之脚,本是一普通集镇。但因台静农、李霁野、韦素园、韦丛芜、张目寒这些名字,更因其中的"未名四杰",从而在中国现当代文学史上放射出了一道绚丽的弧光。

这光芒中,便有韦素园。

1902年夏,韦素园出生于叶集一个小商人之家,乳名文魁。兄妹六人中,他排行老三,大哥韦崇华(凤章)、二哥韦崇义(少堂)、四弟韦崇武(丛芜)、五弟韦崇斌,还有一个妹妹韦崇贤。

邻人从小就看出了韦素园的聪颖。他先入私塾学国学,后入县立小学接受新知识。

韦素园打小就个性极强,不像一般孩子爱嬉笑,沉默的时候居多。当别人谈笑时,他静坐在一角向上凝视。李霁野在《忆素园》中回忆:"他沉着开口说话时,大家注意力都集中在他身上,听他用缓慢但却洪亮的声音,发出考虑过的意见。这常常是热烈争论的终结。"

辛亥革命后,处在皖豫交界处的叶集,对外界的风云变幻还不甚敏感,韦素园却很快接受了新事物。当时,集镇上很多人还拖着前朝的辫子,走来晃去。他便在同学中发起倡议,带头剪掉辫子,令人刮目相看。

韦素园就读的新式学校明强小学旁边,有一座庙宇。受新学影响,师生们谋划"大破三圣宫,砸烂火神庙"。韦素园最为积极,威信又极高,带头破废立新,把三圣宫的塑像全部推倒,在大门上张贴"圣贤立之教、国民兴于斯""开化民智、教育英才"标语。此举震动乡里,轰动一时。风波中,可见韦素园的反抗意识。

在同期的学生中,韦素园聪明而又好学,深受老师喜爱。老师们也愿意常常给他"开小灶"。

韦素园书法功底扎实,又自成一体。叶集街上,秀才、贡生等乡绅极多。但到春节前,左邻右舍都爱找他写春联。他将一卷一卷的红纸收下,常常通宵达旦地写。写完之后,他再一家一家送过去,不收谢礼。

13岁时,韦素园看到校园内的鸡冠花盛开,即兴作诗一首:

文冠屹立不求栽,壁上挺立独自开。
抛去世间尘俗气,今朝还与菊争魁。

这首诗写得很巧妙,"文"字起头,"魁"字收尾,正好是他的乳名。看似赞花,其实是表个人的心志。

留学苏联,听了列宁的报告

韦素园成绩优异,但家境贫寒。小学毕业后,他舍近求远,来到距家乡数百里的阜阳,考入公费的阜阳第三师范学校。在校学习期间,他一边努力学习各科知识,一边关注中国、世界局势,爱国情怀得到进一步增强。他在参观赵匡胤塑像时,曾写道:"愿借蟠龙棍,摧毁众妖魔,拯救我民众,建立新中国。"

在爱国心的驱使下,韦素园毅然放下学业,投笔从戎,跑到北京,加入了皖系军阀段祺瑞的参战军。但陷于混战中的军阀怎么能实现他的报国之志!不久,他就离开部队,跟随在湖南做官的大哥,到长沙政法学校上学,后又随哥哥到安徽安庆,入读安徽法政专门学校。

韦素园在校期间,安徽发生驱逐军阀运动。韦素园被推举到省学生联合会担任领导工作。在血雨腥风之中,他参与编写、刻印、散发革命传单工作,积极宣传革命思想,鼓动群众,不畏强权,最终取得斗争的胜利。

他千方百计搜集《共产党宣言》《新青年》《少年中国》等进步书刊,寄给家乡亲友,引导一批有志青年走上革命道路。

韦素园辗转各地,眼界不断开阔。在光明与黑暗博弈、进步与守旧互争的复杂环境中,"决不能叫四亿同胞再受熬煎"的报国热忱,坚定了他前行的信心。

其时,五四运动已经将中国撕开了一个口子。

受俄国十月革命的影响,一个名为"社会主义青年团"的革命组织在上海成立。1921年初,为了培养新生革命力量,社会主义青年团办了一所外国语学院,帮助有志青年补习俄语,再从学员中选拔优秀者去苏俄学习。

苦寻人生出路的韦素园得到消息后,从安庆赶到上海,加入社会主义青年团。同时参加学习的,还有刘少奇、任弼时、萧劲光、蒋光慈、曹靖华、彭湃等人。学院除了教授俄语外,还延请陈望道等人为学员们讲授《共产党宣言》等。

学习结束后,韦素园和刘少奇等人以做生意为名,借道日本,辗转两个多月,到达莫斯科。正好赶上共产国际第三次社会主义青年团代表大会召开,他们一行列席了会议,听取了列宁的报告。

紧接着,他们一行进入东方劳动者共产主义大学学习政治经济学。他们白天上课,晚上站岗,周末去工厂做工,生活甚是艰苦,每天只能吃上一小块黑面包和煮土豆。一段时间之后,这些20岁左右的年轻人,饿得爬四楼都要歇几次。

在饥寒交迫的困境中,大家学习劲头丝毫不减,节衣缩食,购买相关书籍,如饥似渴地汲取各类知识。

1922年,还未等毕业,多名同学因染病而无法坚持下去。组织上便安排韦素园和曹靖华护送他们回国。

这样,韦素园就结束了自己的旅俄生涯。

回国后,韦素园考入北京俄文法政专门学校。课余时间,他将精力放在翻译领域,着手翻译梭罗古勃的《蛇睛集》等作品。

未名社的骨干:认真而激烈

鲁迅说:"未名社的同人,实在并没有什么雄心和大志,但是,愿意切切实实地,点点滴滴地做下去的意志,却是大家一致的。而其中的骨干就是素园。"

结识鲁迅,是韦素园人生中的一大转折点。

韦素园回国后租住在北大附近。当时,鲁迅在北大讲授中国小说史。他常和韦丛芜、台静农、李霁野几个人去旁听,当面向鲁迅请教。

交往了一段时间之后,鲁迅决定发起成立"未名社",他本人任主编,负责编审,韦素园任经理,负责社务。编辑部就设在韦素园的出租房里——鲁迅称之为"破寨"。

"一个瘦小,精明,正经的青年,窗前的几排破旧外国书,在证明他穷着也还是钉住着文学",这是鲁迅对韦素园最早的印象描述。在鲁迅的心目中,韦素园是一个外表沉静而内心激烈的年轻人。鲁迅将"太认真"这个标签,当成是韦素园的"致命伤","发扬则送掉自己的命,沉静着,又啮碎了自己的心"。

鲁迅后来在《忆韦素园君》中回忆起一个"小例子":"三一八"惨案后,鲁迅受段祺瑞政府的压迫,离开北京女子师范大学,避难厦门。段祺瑞派出女子师范大学校长林素园带兵接收学校,并指几位留下来的教员为"共产党"。韦素园知晓后,义愤填膺,憎恶起"素园"二字,弃之不用,在给鲁迅的信中,改名为"漱园"。

对此,鲁迅感叹:"我不禁长长的叹了一口气,想到他只是一个文人,又生着病,却这么拼命的对付着内忧外患,又怎么能够持久呢。自然,这仅仅是小忧患,但在认真而激烈的个人,却也相当的大的。"

未名社在中国现当代文学史上的地位无须赘述。在韦素园主持未名社社务期间,未名社先后推出了多位外国作家的名作,还印行《未名新集》,收录鲁迅《朝花夕拾》、台静农《地之子》、韦丛芜《君山》等作品。

韦素园在从事文学活动的同时,革命理想依然高涨。他积极介绍地下党员去拜访鲁迅,并以未名社工作人员的身份为掩护,帮助过不少革命者。他结识了中共地下党北京市委负责人刘愈和地下党员赵赤坪。刘愈被杀害后,韦素园奋笔写下《忆亡友愈》,发表在《未名》上,以示悼念。在他临终前一个多月,得知赵赤坪被捕,他还写诗表志:"未来的光明的时代,终究是属于我们的。"在那个年代,敢于发出这样的声音,很有鲁迅"忍看朋辈成新鬼,怒向刀丛觅小诗"的气概。

在鲁迅的帮挈下,韦素园还曾担任过《民报》《莽原》的编辑,继续着他那文学的梦。

他是楼下的一块石材

因为在莫斯科饥寒交迫落下的病根,韦素园回国后身体每况愈下。1927年,他因肺结核恶化大量咯血,住进北京西山福寿岭疗养院。

鲁迅在上海定居后,领导左翼文化运动,陷入斗争之中。鲁迅在给韦素园的信中写道:"其实我自到上海以来,无时不被攻击","中国的做人虽然很难,我的敌人也太多,但我若存在一日,终当为文艺尽力"!

韦素园一边养病,一边写信、撰文,力挺鲁迅。两人的深情厚谊,越过年龄和地域的限制,历久弥坚。

鲁迅对这位年轻战友的病情关怀备至,经常写信问候病情,甚至连吃什么药,都写信细心嘱托。有朋友传来韦素园的消息,他总是仔细询问,并随着病情的变化而心情复杂:"漱园病已愈否""漱园已渐愈,甚喜""素园兄又吐些血,实在令我忧念""想往西山看看漱园"……字里行间,透露着浓浓的牵挂。

鲁迅烟瘾是极大的。

韦素园在北京西山病院养病时,鲁迅和李霁野一同去看他,畅谈了几个钟头,鲁迅都忍着不吸。韦素园后来才想起让他吸烟,他都摇头说不吸了。其实他是为了避免房间有烟味,不是真的戒烟了。后来,鲁迅才走出房间,站得远远的,急忙吸完了一支纸烟。李霁野在文章中回忆:"这是小事。然而小事里正可以见体贴。"

在病中,二人书信往来不绝,探讨人生、时事和文学。对韦素园的信函,鲁迅说:"这些伏在枕上一字字写出来的信,很有发表的价值。"

在文学和事业上渐臻成熟的韦素园,没能逃脱病魔的桎梏。1932年8月1日晨,韦素园病逝,葬于西山碧云寺下。

在短短三十年的生命历程中,韦素园的个人创作不算多。存世的除了译文集《外套》《最后的光芒》和《黄花集》外,只有几十篇散文、诗歌、序文和记。这个数字,相较于他横溢的才华,不能不说是一大遗憾。

韦素园的病逝,对鲁迅打击极大,"这真使我的心突然紧缩起来"。他先为韦素园写了碑文,后又参与到为韦素园出纪念册的工作中。

两年后,鲁迅又写出3000字的长文《忆韦素园君》,用他一贯冷峻的语调,叙述了他和韦素园的交往过程。"自素园病殁之后,转眼已是两年了,这其间,对于他,文坛上并没有人开口。这也不能算是稀罕的,他既非天才,也非豪杰,活的时候,既不过在默默中生存,死了之后,当然也只好在默默中泯没。但对于我们,却是值得纪念的青年,因为他在默默中支持了未名社。"

对于韦素园的一生,鲁迅在文中的评价是这样的:"并非天才,也非豪杰,当然更不是高楼的尖顶,或名园的美花,然而他是楼下的一块石材,园中的一撮泥土,在中国第一要他多。他不入于观赏者的眼中,只有建筑者和栽植者,决不会将他置之度外。"

中肯而有力。

韦素园在病中曾写过一首诗,名曰《无题》:"假如有一个晚间/陨落了一颗星辰/那我便知道或者是你/光已熄灭化为灰烬。"

韦素园的一生,犹如一颗流星,虽短暂,却倔强地发出了自己的光,照耀着这片土地,让这片土地散发着一丝热。

韦素园(1902.6.18—1932.8.1),诗人、作家、翻译家,原名崇文,又名漱园,安徽六安叶集人,"未名四杰"之一。曾入莫斯科东方劳动者共产主义大学学习政治经济学,先后任《民报》《莽原》编辑,一生勤于文学翻译,译著有俄国果戈理小说《外套》、俄国短篇小说集《最后的光芒》、北欧诗歌小品集《黄花集》、俄国梭罗古勃的《邂逅》等。同时创作了大量散文、小品、诗歌等文学作品。

本文参考来源:

1.《忆韦素园君》(鲁迅,上海《文学》月刊,1934年10月第三卷第四号)

2.《鲁迅和韦素园》(韦德锐,《新民晚报》,2020年12月3日)

3.《〈忆韦素园君〉:鲁迅喜欢什么样的青年》(钱理群,《语文建设》,2010年第1期)

4.《远志宏才厄短年——韦素园传略》(韦顺,《新文学史料》,1980年第3期)

5.《韦素园的人格魅力与文学才华》(江琼、李国宏,《皖西学

院学报》,2012年第6期)

6.《独夜有知己——鲁迅与韦素园交往的深层思考》(黄艳芬,《合肥学院学报》,2012年第5期)

蒋光慈：
中国革命文学的开山祖

仔细地听啊

远东被压迫的人们

起来吧我们拯救自己命运的悲哀

快啊

快啊

革命

1925年,《新青年》在显著的位置推介蒋光慈的诗集《新梦》,如在中国文坛上爆了一声惊雷,发中国革命文学之先声,引起极大轰动。《新梦》写作于蒋光慈在莫斯科留学期间,收入"染着十月革命的赤色"的诗41首,被称为"一颗爆裂弹""中国的最先的一部革命的诗集","简直可以说是中国革命文学的开山祖"。与陈独秀齐名的新文化运动领袖高语罕在序中称蒋光慈是"革命的诗人、人类的歌童"。蒋光慈自宣:"我愿勉力为东亚革命的歌者!"发誓要用"全身、全心、全意识高歌革命"。

"现代中国文学界的一个响雷,一盏明灯。"——《新梦》产生巨大反响,蒋光慈也因此被称为"新诗界的一位巨子"。

虽然他只活了短短三十年,但那一瞬的光芒,照耀了20世纪的中国。

他是中国共产党早期党员之一,曾和刘少奇、任弼时等一起留学莫斯科,曾和列宁一起参加义务劳动,曾组织中国现代文学史上第一个革命文学社团,发出中国"革命文学第一声",是中国现代新文学史上"革命加恋爱"小说模式的开山鼻祖……

据相关史料记载,当时众多有志之士都是因为读了蒋光慈的小说而走上革命道路的。党和国家领导人胡耀邦、陶铸等"之所以坚定地走上革命道路,都曾受过蒋光慈作品的影响"。在中央文献出版社2013年7月出版的《习仲勋传》中,习仲勋同志多次回忆说,他之所以走上革命道路,就是受到当时著名革命作家蒋光慈的长篇小说《少年漂泊者》的影响。

朝鲜领导人金日成曾在回忆录中写道:"蒋光慈的小说《鸭绿

江上》和《少年漂泊者》,给我留下了难忘的印象。"

"安徽二赤"之一,领导学生运动

1901年9月11日生于皖西贫苦农家的蒋光慈,自幼聪颖,有"神童"之称。自学成才、爱好诗文的父亲,给了他最初的文学滋养。

11岁时,他曾为家乡的沛河作诗:"滔滔洪水害如何,商旅相望怕渡过。澎湃有声千尺浪,渔舟遁影少闻歌。"

13岁时,蒋光慈考入邻近的河南省固始县的县立志成小学,得到老师詹谷堂(革命烈士)的引导、帮助,接触到新思想,为以后走上革命道路打下了基础。

15岁时,他写出:"昔日思班子,今朝慕列宁。"民国六年(1917),当地蒋氏家族续修宗谱,族人中不乏文人墨士,却一致推荐刚满16岁的少年蒋光慈为宗谱撰序。

小学毕业后,蒋光慈考入固始中学。一次,县长来学校视察,蒋光慈看不惯县长耀武扬威的样子,带头用泥巴砸县长的轿子。事后怕追查,他连夜跑回家。不久,他又因激打了歧视穷苦学生的校长而被开除出校。

蒋光慈极具反抗精神。除了老师的教导外,还因为他曾经挨过父亲的一顿毒打,又加上父亲给订了一房童养媳,他"痛恨生养自己的那个阶级,对封建礼教道德产生了怀疑"。

于是,他自号侠生:"我所以自号'侠生',将来一定做个侠客杀尽这些贪官污吏。"

1917年,蒋光慈来到芜湖,进入安徽省立第五中学读书。章士钊、陈独秀、柏烈武、苏曼殊等都曾在该校任教。在高语罕、刘希平等新文化运动大将的带领下,蒋光慈接触了大量的进步报刊,思想水平有了很大的提升。1918年,他与李宗邺、钱杏邨(阿英)、李克农等人成立了无政府主义团体"安社"。安社,以英文"无政府主义"一词的汉语译音"安那其"为名。

他们组织编印小报《自由之花》,抨击军阀统治。在此期间,蒋光慈的文学才华开始展现。他在芜湖《皖江日报》的副刊《皖江新潮》上发表了不少反军阀、反列强等方面的诗文,崭露头角。

高语罕向陈独秀介绍道:"这是我最优秀的学生。首先是学习成绩好,既能作古文,又能写新诗,在芜湖《皖江日报》副刊《皖江新潮》上已发表不少白话文和白话诗。"

五四运动爆发后,作为芜湖学生联合会的副会长,蒋光慈积

> 在莫斯科,蒋光慈两次见到列宁,并和列宁一起参加义务劳动,翻译了多篇列宁的文章,编写出《列宁年谱》,实现了儿时"慕列宁"的梦想。

蒋光慈(1901—1931年)

极领导并参加学生运动,组织示威游行,参加义务教育等。因为向往红色革命,他还用笔名"蒋光赤"发表诗文,被称为"安徽二赤"之一。

一时间,芜湖学潮风头正劲,安徽省立五中被誉为"芜湖的北大"。

1920年,蒋光慈顺江东下,来到上海,经人介绍在上海外国语学社学习俄语,并通过陈望道、陈独秀、李汉俊的关系,加入上海社会主义青年团。

1921年4月,他和刘少奇、任弼时、萧劲光等20多位优秀青年,在党组织的安排下,携带第三国际的密信,转道日本,到莫斯科学习。

和列宁一起参加义务劳动

在莫斯科,蒋光慈两次见到列宁,并和列宁一起参加义务劳动,翻译了多篇列宁的文章,编写出《列宁年谱》,实现了儿时"慕列宁"的梦想。

1922年,蒋光慈由社会主义青年团团员转为中国共产党党员,成为中共旅莫党组织早期党员之一。当时,全中国党员不足

300人。

蒋光慈在学习政治经济学的同时,还用心钻研苏联革命文学,创作了大量的新诗。他与瞿秋白来往密切。瞿秋白将自己撰写的《俄国文学史》书稿交与蒋光慈删改,再加上蒋光慈自己撰写的《十月革命与俄罗斯文学》,合并为《俄罗斯文学》。蒋光慈还曾翻译、撰写多篇宣传革命文学的文章寄回国内,在《新青年》《向导》等刊物上发表。

学成回国之后,蒋光慈辗转北京、河北、河南、江苏、上海等地,一边参加革命活动,一边从事革命文学创作,先后在《新青年》《民国日报》等报刊上发表《哀中国》《我们是些无产者》《现在中国的文学界》《在伟大的墓前》等作品。

1925年,蒋光慈出版第一部诗集《新梦》。钱杏邨评价其为"中国的最先的一部革命的诗集""简直可以说是中国革命文学的开山祖"。

同年,在中共中央的安排下,由李大钊介绍,蒋光慈来到冯玉祥部任苏联顾问翻译,并在张家口军事学校任教。

创作革命文学史上第一部长篇小说

在上海大学、上海法政大学任教期间,蒋光慈不仅从文学创作和理论层面宣扬革命,而且与众多革命者组建社团,成为传播马克思主义文艺观的拓荒者和开辟无产阶级文艺批评阵地的战斗者。1924年11月,蒋光慈与沈泽民、王秋心等人建立了中国最早的革命文学团体春雷文学社,并创办了中国第一个革命文学刊物《春雷文学专号》。

在现代文学史上,作为一位革命作家,蒋光慈最大的贡献是在中国共产党成立初期创作出大量反映革命内容的作品,最早打出"革命文学"的旗号。

蒋光慈以自己的生活经历为原型,创作出版了经典作品《少年漂泊者》——中国现代文学史上第一部书信体小说,也是革命文学史上第一部长篇小说。这部小说以书信体的形式,描述了一位农村青年经历艰难曲折,最终走上了为革命事业而英勇斗争的道路的历程,激励了无数青年追求光明、追求革命。这部小说因最早歌颂共产党的领导、最早塑造优秀共产党人形象,多次被查禁。

小说在全国引起轰动后,被称为"革命时代的前茅",也奠定了蒋光慈"革命文学之师"的地位。

他的中篇小说《短裤党》是中国无产阶级革命文学的最早成果之一。小说素材是由当时中国共产党领导人瞿秋白提供的。

瞿秋白还和蒋光慈一起定下书名。小说主要描写了上海工人在中国共产党领导下开展的武装起义,把当时党的领导人和重要会议都写进了书中。小说通过纪实性的描述,真实地再现了工人阶级的革命活动,有人称之为中国纪实小说或报告文学的开山之作。

1927年10月,郭沫若邀请鲁迅共同创办一个刊物。鲁迅建议,不要再另办刊物,把以前的《创造周刊》恢复了吧。1927年12月3日,上海《时事新报》发布恢复《创造周刊》的启事,鲁迅居首,麦克昂(即郭沫若)居第二,蒋光慈居第三。

在上海期间,蒋光慈初创的"革命加恋爱"的文学模式,受到极大的追捧。他认为,有革命的地方必定有年轻人,有年轻人的地方必定有恋爱。于是他在革命里融入了恋爱。这种"革命加恋爱"的模式,很快风靡一时,很多青年作家纷纷效仿。

后来,文坛上批评"革命加恋爱"时,直指这种模式为"蒋光慈模式",从一个侧面说明蒋光慈影响之大。

在和瞿秋白、鲁迅、郭沫若、殷夫、阿英等人的交往过程中,蒋光慈的革命理论、文学创作水平得到了进一步的提升。1928年,他与孟超、阿英等人发起成立了中国共产党领导下的革命文学团体——太阳社,成员均为共产党员,蒋光慈任党小组长。当时的中共临时中央政治局负责人瞿秋白等人到会祝贺。蒋光慈主编了《太阳月刊》《时代文艺》《海风周刊》《新流月报》《拓荒者》等文学刊物,并创作多篇作品。

1929年,蒋光慈从日本治疗肺结核归来后,与鲁迅、柔石、冯雪峰等人组成中国左翼作家联盟筹备小组。次年,中国左翼作家联盟在上海成立,蒋光慈虽因病未参加,但仍当选为"左联"常委会候补委员,负责主编"左联"机关刊物《拓荒者》,并与殷夫、郭沫若等成为《拓荒者》的主要撰稿人。

1930年11月,蒋光慈最后一部小说,也是获评最高的小说《咆哮了的土地》写毕,这部小说被称为"红色文学经典"的扛鼎之作。

作为中国现代文学史中最早的无产阶级革命文学家之一,蒋光慈受到国民党当局的打压,多部作品被查禁。当局甚至还动用特务抓捕,但未遂。

终是天妒英才。1931年8月31日清晨,因肺病加重,还未迎来30岁生日的蒋光慈病逝于上海,以化名葬于公墓。中华人民共和国成立以后,上海市政府为他举行隆重葬礼,陈毅亲笔题写墓碑。1957年,安徽省民政部门追认他为革命烈士。

在安徽金寨,有光慈村、光慈广场、光慈小学等。

在金寨县革命博物馆陈列的中共中央原总书记胡耀邦,国务院原副总理、中共中央政治局原常委陶铸等人的传记里,都有阅读蒋光慈作品的记录。《胡耀邦传》记载:"胡耀邦在学生时代,读了蒋光慈《少年漂泊者》,便想:书里的人晓得漂泊,我为什么不可以革命呀!"《习仲勋传》中记载:"习仲勋多次对孩子们说过:当时认识到社会这么黑暗,旧的剥削制度要推翻,主要是受《少年漂泊者》影响至深。"《陶铸传》中亦有类似记载:"我就是怀揣着《少年漂泊者》去参加革命的。"可见蒋光慈作品的影响力之大。

蒋光慈以三十年的短瞬人生,应验了他在《新梦·自序》中的呐喊:"用你的全身、全心、全意识——高歌革命啊!"

作为中国无产阶级革命文学的拓荒者和奠基人,蒋光慈擎着由笔化成的革命火炬,一路燃烧,轰轰烈烈,飞扬着无产阶级革命的巨大热情,闪耀着自己的独特光芒,永载革命文学史册。

"革命的诗人、人类的歌童",永远在"狂歌"着他的革命、他的文字。

蒋光慈(1901.9.11—1931.8.31),原名如恒,曾用名宣恒、侠生、侠僧,安徽霍邱(今金寨县白塔畈镇)人。诗人、作家,中国共产党早期党员之一。被誉为"中国革命文学的拓荒者""革命的诗人、人类的歌童""革命时代的前茅""革命文学之师"。1927年与阿英(钱杏邨)等人组织中国共产党领导的第一个文学社团太阳社。1929年,与鲁迅、夏衍等人组织成立中国左翼作家联盟。在短短三十年的生命历程里,蒋光慈一直致力于革命文学写作。代表作品有诗集《新梦》《战鼓》《哭诉》《乡情集》《哀中国》、小说《少年漂泊者》《野祭》《冲出云围的月亮》《短裤党》《菊芬》《丽莎的哀怨》《最后的微笑》《咆哮了的土地》等。

本文参考来源：

1.《蒋光慈:革命文学的"开路先锋"》(桥歌,《文艺报》,2021年7月1日特刊第5版)

2.《中共党史人物传》(中共党史人物研究会编,陕西人民出版社,1991年6月)

3.《光慈的晚年》(郁达夫,《新文学家传记》,旭光社,1934年10月)

4.《新文学家传记》(贺炳栓,旭光社,1934年10月)

5.《党的领导与百年文学创作:"东亚革命的歌者"——蒋光慈及其文学创作》(侯敏、刘丽,《文艺报》,2021年4月21日

第 3 版)

6.《蒋光慈:革命文学先行者》(安徽省委党史学习教育领导小组,《学习强国》APP,2021 年 12 月 6 日)

朱湘：
"中国的济慈"

> 小船啊轻飘，
> 杨柳呀风里颠摇；
> 荷叶呀翠盖，
> 荷花呀人样娇娆。

这首《采莲曲》营造的柔美意境，颇似一帧中国水墨画，闲适恬淡，轻快明丽。

然而，这首诗的作者朱湘的短暂人生，却远无此种温馨浪漫、明媚唯美。

在他短短二十九年的一生中，虽曾光芒四射，底色却铺满苍凉、苦涩、孤高、凄惨。

曾为"清华四子"之一

15岁进入清华读书的朱湘,配得上"少年天才"的名号。

他原籍安徽太湖,出身名门。父亲朱延熙为光绪丙戌年进士,先任湖北盐巡道,后调任湖南兼任关道,又署臬司、搬提学、总办各局。母亲是张之洞胞弟、湖北候补知府张之清之女。他生于父亲湖南沅陵任内,自幼受家学浸润,再加上天分颇高,新、旧体诗皆能作,少年时即得大名。

不幸的是,朱湘父母早逝。他过早失去正常家庭的氛围,跟随几个哥哥辗转南北。这在一定程度上,造就了他敏感、倔强、孤傲的性格底色。

1919年,朱湘从南京工业学校完成学业后,考入清华学校。在清华园生活、学习的这段青葱岁月,是他短暂人生中的重要一幕。

到了一个新天地,朱湘文学上的天赋显现出来。他加入了闻一多、梁实秋等组建的"清华文学社",横溢才华得以施展。他1922年开始在《小说月报》等刊物上发表作品;并参加了当时著名的新文学团体"文学研究会"。他结识了另外三个学生诗人饶孟侃、孙大雨、杨世恩,互动频繁。因为四人的字中,均有一个"子"字(朱湘字子沅,饶孟侃字子离,孙大雨字子潜,杨世恩字子惠),所以被称为"清华四子"。艺术的天分、奔放的青春,使四人很快脱颖而出,从校园里的新文学名人,成为中国现代诗坛的著名诗人。《废园》《荷叶》《死》等作品,即发表在这一时期。

彼时,年轻人正经历着新文化运动的洗礼,他们张扬自我,特立独行。生性孤傲的朱湘,更是不愿受一丝束缚。

最终,他因被记三次大过而遭清华开除。

有好友想斡旋此事。朱湘不愿。然而,后来,他又对清华园无限留恋:"清华又有许多令我不舍之处。"

1924年,朱湘与父亲好友之女刘霓君结婚。婚后,两人移居上海。在此期间,朱湘创作了大量的诗歌,1925年出版第一本诗集《夏天》,奠定了其在中国文学史上的地位。

1926年,朱湘在吃了上顿没下顿的窘境中,自费出版刊物《新文》。在新文化运动中,皖人如陈独秀、胡适等皆创办过不少报刊,吸纳了一批人,成为一面面旗帜。但朱湘与他们不同的是,他的这份《新文》,全部由他自己撰稿、编辑、发行,只刊载自己创作的诗文及翻译的诗歌。

后来,清华校长曹云祥认为朱湘"绝顶聪明",不计前嫌,又将朱湘招进学校,让其完成了学业。

两年在美国换了三所大学

1927年9月,朱湘赴美国留学。他先在威斯康星州劳伦斯大学插入四年级,攻读拉丁文、法文、古莱文及英国文学等课程。上课之余,他翻译了4首英国19世纪有名的长篇叙事诗。后因法文教科书里有一篇文章把中国人比作"猴子",他愤然离开,转入芝加哥大学。然而时间不长,又因教授"居然怀疑到我不曾将借用的书归还",再加上一女同学不愿与其同桌而再次愤然离去,转学到俄亥俄大学。

"两年改了三次学堂",留学官费入不敷出,再加上要维护自己的尊严,朱湘未能完成学业即打道回国。

经友人介绍,朱湘应聘到国立安徽大学,任文学院教授、外国语文学系主任、图书管理委员会委员,月薪300大洋。

回到故乡,朱湘感谢知遇之恩,无论是教学还是提携后生,都十分卖力,并且将自己珍藏的书籍捐给学校。

他这位"海归教授"将妻儿也接到了安徽大学所在地安庆市,这里离他的老家安庆太湖县弥陀镇并不远。不菲的薪水、良好的环境,再加上宽松的创作环境,让朱湘甚是满意。

经历过那么多的颠沛流离之后,终于可以享受一段欢乐的时光了。闲暇时,他带着妻儿游览家乡的大好河山,给家人添置服饰。达则兼济天下,他还时不时地接济一下贫苦乡民。

欢乐的时光总是过得飞快。

1931年长江水灾后,学校经费紧张,开始减薪、欠薪,朱湘的生活又渐渐陷入困顿。1932年,他邀请几位好友来安大任教,想一起做点事儿。但学校只同意聘请他一人,不另聘他人,让他很受打击。到了后来,学校连他也不聘了。据朱湘之子回忆,又因为多年前的一桩旧事,"当局有令:各大专学院不得聘请朱湘教书"。朱湘悲愤不已!

朱湘又一次陷入人生的低谷。

此后,他辗转漂泊北平、天津、上海、杭州等地,终未找到安身之所,颠沛流离,乞借谋生。

诗非朱湘不能写

"博士学位任何人经过努力都可拿到,但诗非朱湘不能写。"这是朱湘从美国退学时说过的话,从中可见他对自己诗歌的自信甚至自负。

在中国新诗发轫之端,朱湘和郭沫若、徐志摩、闻一多并驾齐驱,占据顶峰。

创作初期,他的新诗从传统诗词中幻化而出,在思想内容和艺术技巧等方面,将民族性和创新性发挥到极致,唯美、自然、清新。这一特点,以诗集《夏天》《草莽集》为代表。

而在以《石门集》等为代表的后期作品中,朱湘随着眼界的开阔,对外国诗体进行了突破性的尝试。特别是他创作的大量的十四行诗,运用象征、暗喻等手法,以音乐性的语言、新颖的词语和奇特的联想,构成鲜明的意象,筑起中国象征派诗作的高峰。

沈从文在《论朱湘的诗》中写道:"使新诗与旧诗在某一意义上,成为一种'渐变'的联续,而这种形式却不失其为新世纪诗歌的典型,朱湘的诗可以说是一本不会使时代遗忘的诗。"

而苏雪林的评价则更高:"《草莽集》的艺术不但远胜五四前后的康白情俞平伯汪静之等人的诗集,即比之在新诗界负有盛名的郭沫若的《女神》亦无多让……"

而评价最高的还是他自己,"诗非朱湘不能写""我的中英文永远是超等上等"……

后人多拿鲁迅对他"中国的济慈"之称呼来评价朱湘。

此语出自鲁迅 1925 年写的一封信:"《莽原》第一期上,发了《槟榔集》两篇。第三篇斥朱湘的,我想可以删去……因为朱湘似乎也已经掉下去,没人提他了——虽然是中国的济慈。"

朱湘(1904—1933.12.5),字子沅,安徽太湖人。1919 年考入清华学校,1925 年出版第一本诗集《夏天》。与闻一多、徐志摩等发起中国新诗形式运动。1927 年 9 月至 1929 年 9 月,留学美国多所大学。回国后,被聘为安徽大学教授。出版《夏天》《草莽集》《石门集》《永言集》《海外寄霓君》等诗集、评论集。1933 年 12 月 5 日,在上海到南京的客轮上投江自尽。

本文参考来源:

1.《新文学家传记》(贺炳栓,旭光社,1934 年 10 月)

2.《闻一多和朱湘恩怨及其悲剧比较》(李乐平、姚国军,《福建师范大学学报》,2013 年第 5 期)

3.《论朱湘的诗》(沈从文,《中国新文学大系 1927—1937》,上海文艺出版社,1987 年)

4.《关于朱湘研究的争议》(姚自力,《文学教育》,2010 年第 5 期)

5.《二罗一柳忆朱湘》(罗皑岚、柳无忌、罗念生,三联书店,1985年)

6.《朱湘传略》(赵景深,《新文学史料》,1982年第3期)

他的新诗从传统诗词中幻化而出,在思想内容和艺术技巧等方面,将民族性和创新性发挥到极致,唯美、自然、清新。

朱湘（1904—1933 年）

卓越的才华、创新的理念、显著的成效，让杨兆龙成为在政界和学界、国内和国外都享有很高声誉的『复合型』人才。

杨兆龙（1904—1979 年）

杨兆龙：
世界"50位杰出法学家"之一，营救了万余名共产党员

幼时家贫，18岁考入燕京大学；

留学美国，是哈佛法学院院长最得意的中国学生；

学识渊博，通晓八国外语，被评为世界"50位杰出法学家"之一；

新中国成立前夕，积极营救被关押的万余名共产党员；

……

纵观杨兆龙跌宕起伏的一生，无论是治学还是从政，无论是修身还是处事，都打上了一名知识分子的风骨烙印。作为深受传统文化熏陶的文人和在国际上有着较高声望的法学家，他熔古铸今，学贯中西。他发出的那一束束光，将永远闪耀在东方的星空。

哈佛大学法学院院长最得意的中国学生

1904年，杨兆龙出生于江苏金坛的一户贫寒农民家庭。幼时，被过继给伯父为嗣。天资聪颖的他，敏而好学。家人竭尽全力供他识字读书，6岁入私塾开蒙，不久进入金坛初等小学、镇江高等小学读书。12岁时，考入镇江的私立教会学校——润州中学。他之所以选择教会学校，主要是因为当时的教会学校学费低，可以为家里节省不少开支。教会学校因为是用英文教学，反而让他打下了坚实的外文功底。

杨兆龙以第一名的成绩中学毕业后，考入了燕京大学，主修哲学与心理学专业。原本，他是想学医，但医学专业学制长，而他想早点出来工作，以补贴家用，便选了这个专业。

来到了北平，杨兆龙眼界大开，除了专注于自身的成长外，开始关注国家大事，思想里注入了家国情怀。

两年后，20岁的杨兆龙以优异的成绩提前从燕京大学毕业，后来到上海的东吴大学，改学法科。

穷人的孩子早当家。杨兆龙一边苦读，一边利用自己的英语特长，在上海民立中学勤工俭学教英语。

在东吴大学，他遇到了著名法学教授吴经熊。他对恩师钦佩之至,恩师对他关爱有加。大学期间,他研修了40多门功课,每门功课成绩都在90分以上。

理论学习之外,杨兆龙还特别重视"实战",通过和同学组织"模拟法庭"进行演练。这样,他的口才、文风都得到了锻炼。

五卅运动期间,杨兆龙积极投身其中,被学校的学生会推选为代表,加入上海学生联合会,并任学生会法律委员会委员。他利用自己的法律知识,参与对日本、英国的谈判交涉,要求严惩杀手凶手,赔偿受害者家属损失。

1927年,杨兆龙从东吴大学毕业,获法学学士学位。后来,又拿到了律师资格证,做了一段时间的律师。

次年,尚不满24岁的杨兆龙,受聘为上海持志大学教务长兼教授——在当时,一名刚毕业的法学学士,是很难当上教授的,而这得益于杨兆龙的恩师吴经熊举贤不避亲,极力推荐。

杨兆龙在教书的同时,还通过司法部甄拔法官委员会审查,又经吴经熊介绍,"充任上海租界临时法院推事,专办华洋诉讼,并受委托撰写《上海租界临时法院成立后办理涉外事件之报告》"。

在法院任职期间,杨兆龙牢记父亲的教导:"你宁可回家种地,也不能开罪百姓有负国家。"他不畏权势,秉公执法,竭力维护同胞的权利。他曾经依法裁决,将一位被控死刑的华籍人力车夫无罪释放,震动上海滩。

杨兆龙的专业和敬业,让洋人很是嫉恨。不久,他被免职。

公道自在人心。在中国出版的最有影响的英文报纸《字林西报》,多次报道杨兆龙的工作业绩,给予高度评价:"杨兆龙是不畏强权、公正司法的青年法官。"后来,杨兆龙申请去美国哈佛大学法学院留学,学校正是查看了《字林西报》的报道,才决定录取他。

不久,杨兆龙又陆续收到上海法政大学以及东吴法律学院的聘书,开设了好几门专业课,像《证据法概论》《商法概论》《海商法》等,"前两门课的讲义作为专著于翌年出版"。

他在上课期间,采用比较法,以中国的法律条文为基础,与大陆法系和英美法系多个国家的相关法条、法例、法理进行比较,显示出极高的专业素养和创新见地。《证据法概论》是国内最早出版的证据法专著,迄今仍是法学研究生必读的法学经典之一。

1933年,29岁的杨兆龙受聘为宪法起草委员会委员。在吴经熊的领导下,经过一个多月的呕心沥血,草拟出《中华民国宪法草案》初稿。

1934年5月,吴经熊向他的老师——美国20世纪最负盛名的法学家之一、"社会学法学"运动的奠基人、哈佛大学法学院院长罗斯科·庞德推荐杨兆龙攻读博士研究生。

杨兆龙在哈佛留学期间涉猎广泛,除了研习法学外,还掌握了意大利语和西班牙语。他的博士毕业论文《中国司法制度之现状及问题研究——与外国主要国家相关制度之比较》得到导师们的高度赞扬,被评为优秀。庞德说:"你是接受我考试的第一个中国人,东方人的思维方式引起了我很大的兴趣。"将他视为最得意的中国学生。

庞德对他的器重厚爱,使杨兆龙非常感念。两人结下了半生的情谊。

在哈佛取得博士学位后,庞德推荐杨兆龙去德国柏林法学院做博士后,研究大陆法系。

旅欧期间,杨兆龙除了在德国系统学习法律外,还在法、意、苏等国游学,掌握了英、法、德、意、西、俄、波、捷等八国语言。

他熟谙英美法系和大陆法系,围绕中国近代怎样从传统法系向新的法律体系转变、怎样从人治向法治转变等一系列法治现代化问题,做了大量研究。

所以说,用"学贯中西"来形容杨兆龙,一点也不过分。

世界"50位杰出法学家"之一

因时局紧张,1936年秋,杨兆龙提前结束在欧美的游历,回到祖国,准备用自己所学的知识,为抗战出力。

他先后任司法行政部法制专员、国防最高委员会专员、立法院宪法起草委员会专员,兼任中央大学法学教授。

业余时间,杨兆龙慷慨地把自己的研究心得分享给更多的同道。他和萧一山、余协中、祝世康等人成立经世学社,创办《经世》月刊,并亲任主编。撰写了《欧美司法制度的新趋势及我国今后应有的觉悟》《司法改革中应注意之基本问题》《法治的评价》《知识界阵线之统一》《我们的出路》《动员法总论》等大量专业文章,受到广泛关注。

1938年,国民党政府西迁后,杨兆龙与焦实斋、王华堂、杜聿明等人组织了"兴建研究会",提倡改革政治,实行民主,振兴实业,积极抗日。

1940年,应西北联合大学校长胡庶华之邀,杨兆龙出任该校法商学院院长。后来又任教育部参事、法律教育委员会秘书长,国民党政府军事委员会政治部设计委员。

在重庆时,杨兆龙同时兼任中央大学、浙江大学、东吴法学院、朝阳法学院等多所大学教授,讲授海商法、比较法、比较民法、比较刑法、诉讼法、行政法、法理学、法哲学等课程。"从未放弃过法律教育工作。"

1945年春,吴经熊以中华民国代表团法律顾问的身份,出席了在美国旧金山召开的首届联合国大会,并任《联合国宪章》中文本起草委员会主席。他把《联合国宪章》翻译的工作交给了爱徒杨兆龙。杨不辱使命，及时出色地完成任务。

他的序言是这样翻译的：

> 我联合国人民
>
> 同兹决心
>
> 欲免后世再遭今代人类两度身历惨不堪言之战祸，重申基本人权，人格尊严与价值，以及男女与大小各国平等权利之信念，创造适当环境，俾克维持正义，尊重由条约与国际法其他渊源而起之义务，久而弗懈，促成大自由中之社会进步及较善之民生……

杨兆龙的译本文字优美，用词严谨，显示了汉字的典雅之意。其译本载入史册，成为最重要的现行法律文献之一。

抗战进入尾声，司法行政部邀请杨兆龙担任刑事司司长，处理日本战犯及法制重建等重大事务。他负责成立了"战犯罪证调查室"并任主任，草拟《战争罪犯审判条例》，并重新制定《汉奸惩治条例》，成为中国审判日本战犯和惩治汉奸的法律依据。

他带领数百名工作人员，收集日军侵华罪行材料 30 余万件，将重要战犯案件卷宗呈送远东军事法庭审查，为东京审判提供了有力的证据,"杨兆龙提供了大量确凿的罪证无疑起到了决定性的作用"。

"我和杨兆龙脾气都很刚烈,我们都是为国家做事。"远东国际军事法庭 11 名法官之一、中国唯一代表梅汝璈曾这样评价杨兆龙。

为了改善法制,司法行政部专门设立了法制研究委员会,从事法制实际调查、法制改革方案研究、重要法学著作编纂等工作。委员会下分设"法学著作编纂委员会"及"司法调查团"。其中,法学教科书的编纂工作由庞德与杨兆龙共同主持,司法调查团由庞德与杨兆龙分任正副团长。

战后,杨兆龙率团赴欧美多国考察司法制度和法律教育,出席国际刑法会议及国际统一刑法会议等重要的国际学术会议,并应邀到国外多所大学讲学。

卓越的才华、创新的理念、显著的成效,让杨兆龙成为在政界和学界、国内和国外都享有很高声誉的"复合型"人才。

他曾当选为国际刑法学会理事,并兼任中国分会会长、中国比较法学会会长、刑法学会会长、国际比较法学会理事等职。

1948 年 3 月,杨兆龙被海牙国际法学院聘定为专家,当时该类专家在全世界仅 30 人,"皆各国权威学者"。

海牙国际法学院还将他评为世界"50 位杰出的法学家"

之一。

作为在国内外享有极高声誉的全球杰出法学家,杨兆龙的法学思想始终贯穿着"人民的利益是最高的法律"这一主线,在中国近现代法制史上打下了深深的烙印。

新中国成立前力促释放万余名共产党员

1948年底,国民党政权节节败退。国民党政府最高法院检察署检察长郑烈辞职。司法行政部部长谢冠生在邀请多位人选被拒后,想到了杨兆龙。

而此时的杨兆龙,已萌生退意,决意告别政坛,回归学界。国外多所大学向他伸出了橄榄枝,庞德也力邀他去哈佛大学任教。

正在他踌躇之际,一个命运的转折点降临了。

杨兆龙夫人的妹妹沙轶因是中共地下党员。一个偶然的机会,她得知这一信息,迅速向上级请示。得到上级的指示后,她劝说姐夫出任检察长一职,以期择机营救在押的中共党员。

南京地下党市委成员白沙代表党组织,特地登门拜访,要求营救被关押的学生,并欢迎杨兆龙留下来工作。

杨兆龙答应就职,并着手设法营救在押共产党员。

当时国共和谈正在北平举行。杨兆龙向司法行政部部长建议,各方面要求释放政治犯者颇多。而所谓政治犯大都是些热血青年,把他们长期关押在监所内,民怨较大,建议将他们释放。

杨兆龙还多次面见李宗仁,动之以情,晓之以理,请示释放被关押的共产党员。最终,李宗仁签署了释放命令。

就这样,在杨兆龙等人的艰苦努力下,国民党的特务机关还没来得及挥起屠刀,南京在押的共产党员就被第一批释放。后来,全国被释放的共产党员有万余人。

"做一些伸张正义之事,本是我平生之所愿。"杨兆龙用正义和良知做出了特殊贡献,为后人所铭记。

南京解放后,时任中共南京地下党市委书记陈修良亲自拜访杨兆龙,对其释放政治犯的义举当面致谢,连说几句"救命恩人"。

几十年后,在杨兆龙百年诞辰纪念会上,当年被释放的共产党员代表聚集于苏州大学,向杨兆龙的遗像再三鞠躬,缅怀逝者,致谢杨兆龙为人民立下的不朽功劳。

上海解放时,杨兆龙将最高法院检察署的全部档案和印章移交给上海市军管会。为此,国民党政府还对杨兆龙下了通缉令,指责他"卷印潜逃"。

1950年,经董必武推荐,杨兆龙出任东吴大学法学院院长。1953年秋,他被调至复旦大学外语系教俄语。

1979年4月1日,杨兆龙突发脑溢血辞世。

曲终人散后,冲刷过杨兆龙的道道时光激流恢复平寂。

作为一名典型的受传统文化熏陶、被现代文明滋养出来的知识分子,这位具有国际影响的法学大师,"养天地正气、法古今完人",热爱自己的民族和国家,用高深的学术素养、高尚的道德涵养,以及真诚和良知,修身、齐家、治国、平天下,在时代的屏幕上映射出独特的光芒。

杨兆龙(1904.11.8—1979.4.1),字一飞,江苏金坛人,毕业于燕京大学和东吴大学,哈佛大学法学博士。通晓英、法、德、意等八国外语,对大陆、英美两大法系均有精深造诣。曾任国民党政府推事、律师、宪法起草委员会和资源委员会专员、代理最高检察长等职。草拟《国家总动员法》《战争罪犯审判条例》等法律。曾当选为中国比较法学会会长、刑法学会会长、国际刑法学会副会长等。被海牙国际法学院评选为世界"50位杰出法学家"之一。

本文参考来源:

1.《杨兆龙:倡导社会主义法治的先驱》(张晓鹏,《史海钩沉》,2020年第1期)

2.《缅先贤博才 扬东吴法学——杨兆龙先生百年诞辰纪念暨学术思想研讨会综述》(庞凌,《华东政法大学学报》,2005年第1期)

3.《他是哈佛大学法学院院长最得意的中国学生,更烙印着家国情怀》(许旸,文汇客户端,2019年4月16日)

4.《南京国民政府最后一任检察长——民国法律人之杨兆龙》(曹东,《检察日报》,2014年3月7日)

叁 风骨

梅汝璈：
忘记过去的苦难可能招致未来的灾祸

"今天参加这个会的，还有刚从香港回来的梅汝璈先生，他为人民办了件大好事，为国家争了光，全国人民都应该感谢他。"1949年，周恩来在中国外交学会的成立大会上的介绍，引来全场雷动的掌声。

这是梅汝璈辗转从香港回到北京后，第一次在公开场合露面。周恩来的这一介绍，代表了国人对梅汝璈的最基本，也是最高的评价。

2019年，中华人民共和国成立70周年之际，在中共中央办公厅、国务院办公厅印发的《关于隆重庆祝中华人民共和国成立70周年广泛组织开展"我和我的祖国"群众性主题宣传教育活动的通知》中，梅汝璈被评为"新中国最美奋斗者"。

在中国近现代史上，梅汝璈的名字，是和东京大审判紧紧联结在一起的:远东国际军事法庭 11 名法官之一、中国唯一代表,为中国法官和国旗争位次,力主由中国人书写日军侵华判决书,坚持死刑处罚日本首犯……

百年耻辱,一战洗雪。自 1840 年以来,积贫积弱的中华民族,一直处在挨打、屈辱的可悲境地中。抗日战争的胜利,是近代以来中国人民反抗外敌入侵持续时间最长,规模最大、牺牲最多的民族解放斗争,也是第一次取得完全胜利的民族解放斗争。

在这样的背景下,代表战胜国参加对日审判,可想而知梅汝璈背负的压力和责任是远远大于荣光的。他深深知道这胜利背后是整个民族的巨大牺牲,是血肉之身换来的尊严,是民族气节和精神的彰显。

争的不是个人得失

日本战败投降后的 1946 年 1 月 19 日,盟军设置成立远东国际军事法庭,任命了 11 位来自不同国家的法官。代表中国出席的是时年 42 岁的梅汝璈。

这么重要的审判,为什么选择梅汝璈这位没有真正上过法庭的"教书先生"呢?

关于梅汝璈担任法官的原因,有各种说法。此次审判是参照他以专业的法律知识、凛然的正气、必胜的信心以及出类拔萃的智慧和外交手段,维护了国家的尊严,在国际司法界留下了重重的一笔。

梅汝璈（1904—1973 年）

英美法系开展的,当时中国的法律体系属于大陆法系,真正精通英美法系的人不多。而梅汝璈正从事法律的理论研究,熟知英美法系。他毕业于清华,留学于美国斯坦福大学、芝加哥大学等名校,又是法学博士,有着丰富的经验和深厚的理论知识,是国内法律界的佼佼者。

梅汝璈和当时的国民党政府行政院院长宋子文、外交部部长王世杰多有交往,经王世杰等人推荐,再加上丰富的履历和学识,他成为军事法庭法官的最合适人选。在临行前他通过媒体表示:"审判日本战犯是人道正义的胜利,我有幸受国人之托,作为庄严国际法庭的法官,决勉力依法行事,断不使那些扰乱世界、残害中国的战争元凶逃脱法网。"

1946年3月,梅汝璈踏上了日本东京的土地。

据梅汝璈之子梅小璈回忆,当时梅汝璈赴东京就任时心里是很有压力的。他深知在战争中遭受了巨大伤害的同胞对审判有着很高的期待。

刚到东京时,梅汝璈遇到去考察的著名教育家、时任国民党政府教育次长的顾毓琇博士。在接风宴会上,顾毓琇送给他一把装饰华贵的宝剑。梅汝璈说:"红粉送佳人,宝剑赠壮士,可惜我非壮士,受之有愧。"顾毓琇道:"你代表四万万人民和千百万死难同胞,到这个侵略国的首都来惩罚元凶祸首,天下之壮烈事,以此为最。君不为壮士,谁为壮士!"

在当天的日记中,梅汝璈写道:"戏文里有'尚方宝剑,先斩后奏',可现在是法治时代,必须先审后斩,否则我真要先斩他几个,方可雪我心头之恨!"

二战后纷乱的国际形势,在东京审判上体现得尤为明显。中国虽然是同盟国中受侵略最深的战胜国之一,但美国在这次审判中担任主导,审判长则由澳大利亚韦伯法官担任。

开庭前预演时,韦伯宣布把中国法官的座次排在英国之后。

梅汝璈强烈抗议:"如论个人之座位,我本不在意。但既然我们代表各自国家,我认为法庭座次应该按日本投降时各受降国的签字顺序排列才最合理。首先,今日系审判日本战犯,中国受日本侵害最烈,且抗战时间最久、付出牺牲最大,因此,中国理应排在第二。再者,没有日本的无条件投降,便没有今日的审判,按各受降国的签字顺序排座,实属顺理成章。"

他愤然脱下法袍,表示要退出预演。

由于梅汝璈的据理力争,韦伯当即召集全体法官表决,最后决定,入场顺序和法官座次都按日本投降各受降国签字顺序安排。梅汝璈坐在了庭长左边的高背椅上,席位排在了第二位,为中国争得了应有的地位。

座次风波平息后,又一个问题出现了。在法庭上,美国国旗插在第一位,中国国旗插在第二位。梅汝璈据理力争,舌战英美,最终把国旗摆在了第一位。这是百年来中国在国际重大事务中,第一次把国旗放在第一位。"这是我国浴血抗战的结果。我个人实无功绩可言。只要我们国家努力和平建设,国际地位必可保持不堕。倘使国家不争气,我们的地位在任何国际场合中恐怕都会一落千丈。"

现在会有人疑问,梅汝璈为什么在这些细节上力争?其时,中国虽然是战胜国,但在国际上地位仍然不高。就连日本"这样的战败国也可算是'天之骄子'式的战败国了,比起我们多劫多难的战胜国,我们真不能自叹弗如"!他必须抓住一切机会,彰显国威,以重振民族精神。这应该是他力争的原动力,"不得不表现出强硬的一面"。

"抗战的惨重牺牲,刚刚换取到一点国际地位。假使我们不能团结一致努力建设,眼见这点地位就会没落了。想到这里,真是令人不寒而栗。身处异国的人这种感觉最是灵敏,这类体会最是真切。想到这些事,我几乎有两三个钟头不能闭眼。"梅汝璈在日记中如此写道。

不逾越法律边界

从1946年5月3日远东国际军事法庭开庭,到1948年11月12日结束,在历时两年半的马拉松式的审判中,梅汝璈前后经历了800余次开庭,其间传唤了1100多名证人,展示了4300多件证据。他以专业的法律知识、凛然的正气、必胜的信心以及出类拔萃的智慧和外交手段,维护了国家的尊严,在国际司法界留下了重重的一笔。

但表面上威严风光的大法官,内心是受着煎熬的。当时虽然都在呼吁严惩战争罪犯,但中方因为彼时仍处于战争之中,再加上对英美法系的陌生,在提供证据等方面,十分不给力。

"我们的证据资料并不多,将来检察处是否能够充分证实这些诉因?想到这样,我不免有点杞忧。""那些日子,我们就像钻进成千上万件证据和国际法典的虫子,每天在里面爬来爬去,生怕遗漏了重要的东西。"

内外交困中的梅汝璈,一方面要维护祖国的尊严和利益;另一方面要维护他的职业操守:不逾越法律边界,不违背法律精神。

所以无论在量刑方面,还是在判决书的书写等方面,梅汝璈都坚守着一个法官的天平。

在量刑的问题上,他坚持赞成死刑。他曾说,宽大固是美德,姑息却是怯懦。美英虽赞成死刑,但他们只赞成对那些对他们国家造成巨大危害的战犯判死刑,还有一些法官完全不赞成死刑,各持己见。梅汝璈不断交涉,最终促使法庭以表决的形式,通过了死刑规定,最终将东条英机等28名甲级战犯中的7名送上了绞刑架。

而在判决书的书写上,也是由梅汝璈争取,法庭决定让中国法官负责起草判决书中有关中国的部分。从而,在这份具有历史意义的判决书上,梅汝璈和助手代表为四亿多受害中国人写下了十多万字的控诉材料,并把日本战犯矢口否认的南京大屠杀在判决中单设一章,即第五章《日本对华侵略》。

现在,这份判决书的中文原稿已经连同梅汝璈穿过的法袍,一起捐献给了博物馆,梅小璈说:"它的每一页都是现实警世钟。"

判决结束后,梅汝璈应日本《朝日新闻》之请,发表《告日本人民书》一文:"经此次审判,日本军界首脑之暴虐行为和虚假宣传已昭然天下……今日国际法庭之最后宣判,清除了中日两国间善睦相处的这些绊脚石,对于今后中日间和平合作,相信必有贡献。……除非中日间首先获得和平,否则亚洲即无和平可言。"

"余确已觉察,鉴于过去二年来世界情势之急剧变化,东京之审判,已失去其政治上之大部意义,但余深望其不致失去其在法律及历史上之意义,余相信其不致如此也。"梅汝璈用自己的言行,坚守了法律的底线,也守住了自己的底线。

"就是半部,我们也要出版!"

东京审判结束后,鉴于梅汝璈的卓越表现和影响力,蒋介石有意重用他。

1948年12月,国民党政府任命他为行政院委员兼司法部部长,因对当局失望和不满,他拒绝了这一"美差"。次年,他来到香港,与清华校友、中共驻港代表乔冠华深谈,最终决定投奔中国共产党。来到北京的第三天,他就应邀参加了中国人民外交学会成立大会,得到了周恩来的高度认可。

此后,梅汝璈先后担任外交部顾问、世界和平理事会理事、中国人民外交学会常务理事,曾任全国人大代表、全国政协委员。

新中国成立前学习法律的人大多被视为旧法人员。1949年后的中国法律学科建设基本照搬苏联,很多大学甚至取消了法律专业。梅汝璈也曾尝试过跟上时代,他把当年所学的英美法系放在一边,拿个小本子,做个小学生,从头开始学习俄文。"我家里现在还有父亲学习俄文抄写俄文单词的一个小本本。还有少量苏联法学教材,书里有父亲留下的铅笔批注。"梅小璈回忆说。

梅汝璈首次提出政府要系统研究南京大屠杀。他曾着手撰写《远东国际军事法庭》，想把那段历史记录下来，以警醒世人，但因种种原因，一直到他去世，原本打算写7章60万字的书稿，才完成了三分之一。

梅汝璈曾说："我实际上只是一本破烂过时的小字典而已。"

其实他当年可是人人争羡的天之骄子啊。

1904年出生在江西南昌乡下的梅汝璈，自小就受到严格的教育。在江西省立模范小学读书期间，他常常一边拾猪粪、牛粪，一边拿着英语书苦读英语。

12岁考入清华留美预备班，20岁赴美留学，22岁获斯坦福大学经济学硕士，24岁获芝加哥大学法学博士，游历英、法、德、苏。

回国后，他曾任教于山西大学、南开大学、西南联大、复旦大学、武汉大学。

年少时，梅汝璈即忧国忧民。在清华读书时，他曾发表《清华学生之新觉悟》《学生政治之危机及吾人今后应取之态度》等文章。

教书期间，梅汝璈经常以清华人"耻不如人"的精神勉励学生并自勉："我们必须'明耻'，耻中国的科技文化不如西方国家，耻我们的大学现在还不如西方的大学，我们要奋发图强以雪耻。"

1962年，梅汝璈写《关于谷寿夫、松井石根和南京大屠杀事件》一文，文中写道："我不是复仇主义者，我无意于把日本帝国主义者欠下我们的血债写在日本人民账上。但是，我相信，忘记过去的苦难可能招致未来的灾祸。"这段话被世人广泛引用。

忘记过去的苦难可能招致未来的灾祸。但我们不能忘记的，不仅仅是战争这"过去的苦难"。无论时光怎么冲刷，为国为民立下功劳的英雄，人民永远不会忘记！

20世纪80年代，梅小璈整理父亲遗物时，无意中发现了父亲那半部誊抄整齐、未写完的文稿《远东国际军事法庭》。这一情况由《瞭望》杂志披露后，法律出版社决定出版。梅小璈对出版社社长说，这本书还没写完。

社长这样回答："就是半部，我们也要出版！"

梅汝璈（1904—1973），字亚轩，江西南昌人。1916年考入清华学校，先后留学斯坦福大学、芝加哥大学，获法学博士学位。归国后曾任教于多所大学。1946年，任远东国际军事法庭中国代表法官，参与东京审判。1950年起，先后担任外交部顾问、外交学会常务理事、法学会理事，曾任全国人大代表、人大法案委员会委员。著有《现代法学》《法律哲学概论》《中国人民走向宪治》及遗著《远东国际军事法庭》等。

本文参考来源:

1.《我的父亲梅汝璈是个平淡的人——梅汝璈之子访谈》(杨子云,《法律与生活》,2005年第12期)

2.《梅汝璈:东京审判法官中的中国面孔》(陆杨姗,《现代班组》,2015年第9期)

3.《梅汝璈:忘记过去的苦难可能招致未来的灾祸》(冀晓萍,《人民教育》,2015年第18期)

4.《梅汝璈的两个告诫》(张国功,《中国新闻出版报》,2005年8月15日)

5.《我的父亲梅汝璈》(梅小傲、孙昭钺,《剑南文学》,2007年第1期)

6.《我远东国际军事法庭上中国知识分子的忧思》(张国功、曾祥金,《中国出版》,2015年第21期)

刘节：
有节

"独立之精神,自由之思想",这十个闪耀着浑厚家国情怀、铮铮士子风骨的大字,可以说是中国近现代知识分子最宝贵的坚守、最珍视的期冀。而这句话的来由,与一个被尘封的名字有关,这个名字就是刘节。

刘节,对现在很多人来说已相当陌生。即使是清华园的学子,也很少有人记起、提起这位 20 世纪的师兄了。但说起他在清华学校国学研究院所从的四位老师王国维、梁启超、陈寅恪、赵元任,则无人不晓。虽非强调生以师贵,但能师承这四位大师,可谓人生之大幸。

"王国维死后,学生刘节等请我撰文纪念。"1953 年,陈寅恪口述回忆,"认为王国维是近世学术界最主要的人物,故撰文来昭示天下后世研究学问的人。"

这就是著名的《清华大学王观堂先生纪念碑铭》。

文中写道:"惟此独立之精神,自由之思想,历千万祀,与天壤而同久,共三光而永光。""思想而不自由,毋宁死耳。斯古今仁圣所同殉之精义,夫岂庸鄙之敢望。"

陈寅恪此文为纪念王国维所作,缘起于刘节等人之请。其蕴含的精神更是在刘节思想深处打下深深烙印,影响了他一生的治学和做人。

爱好是非,甚于功利

刘节,原名刘翰香,字子植,浙江永嘉人。其父刘景晨是知名文化学者,被公认为现代"浙江知名的耆宿",曾和几名议员反对曹锟贿选总统。刘节一生刚正不阿,颇有乃父风范。

1926年,刘节大学毕业后,以排名第二的成绩考入清华学校国学研究院,师从"四大导师"。在他的同学中,有谢国桢、陆侃如、王力、姜亮夫、吴其昌等,后来都成为中国著名的史学家、语言学家。

1928年,自清华学校国学研究院毕业后,刘节辗转各处,先后任职于南开大学、河南大学、北京图书馆、燕京大学、浙江大学、成都金陵大学、中央大学等,专注于古代史研究,生活极其艰苦,但矢志不移。

为人为学,刘节在同代人中都享有厚誉。

王力评价其:"君待人无贵贱,一接以礼。视友事若己事,蔼然似长者。"吴其昌誉其:"君名节字子植,我浙江之永嘉人。永嘉自北宋周许刘鲍九贤传河南程氏之学逾一千载,至于孙仲容先生,学问彬彬称盛,君为能传其学者。"

梁启超曾说过,我国的古籍"以《尚书》为最纠纷难理。《洪范》问题之提出,则自刘君此文始","可供全世界学者之论难"。《洪范》,即指刘节在26岁时写成的《洪范疏证》。

刘节可谓是陈寅恪倡导的"独立之精神,自由之思想"的坚守者。他既是师道尊严的捍卫者,也是传统文化的薪火传承者。

因夫人钱澄为钱稻孙三女,刘节在重庆中央大学任教期间,以钱稻孙任伪北大校长为耻,遂辞去教授一职,卖文为生,以彰气节。

风骨的坚守,是勇气,是担当,更是发自内心的自尊。"爱好是非,甚于功利",这是刘节对自己的评价。

在风雨如晦的年代,刘节在《我之信条三则》中写道:"人格同学问是一致的,绝没有学问好而人格有亏的伟人。假定有这样的人,我们来仔细考查他的学问,其中必定有欺人之谈,因为他心中根本是不光明。"

中山大学历史系,大师云集。陈寅恪与岑仲勉并称"二老",加上刘节、梁方仲,时人称"四大教授"。

院系调整后,刘节任中山大学历史系主任,他不仅是陈寅恪的同事,而且成为其领导。但刘节一直对陈寅恪执弟子礼。

陈寅恪虽身为老师,但在给刘节写信时一般称他为"子植兄"。这是对其学问和人格的认可。

而刘节不敢有半点儿含糊,拜望陈寅恪时,必按传统,行叩头大礼。他曾说过,学生要想学知识,就应该建立师生的信仰。这,不单单是尊敬,更是发自内心的一种文化自觉。

在陈寅恪生命最后的近二十年岁月中,在送恩师陈寅恪最后一程的陈门弟子中,能长期陪伴老师左右的,唯独刘节一人。在各种厄困压头时,刘节始终陪在陈寅恪身边,哪怕自己日日煎熬在水深火热中,也从不说恩师半"个"不字,处处维护着恩师。

刘节曾受到不公正待遇,他却说:"在台上挨批斗时,我就背唐诗。

"确有一种势力要打破我的信仰,使我不能安静为学,我当然要抵抗。做人为学已四十年了,心中光明对做人为学的兴味如泉之始涌。设若有一种势力要阻碍我的志向,使我不能如思以偿,我当然要拿出毅力来。"

除了坚毅地对待人格污辱外,刘节对国家的前途、人民的未来,仍然充满信心。

他曾经自我评价:"余好说真话,心之所然,则以为然;心之所非,则以为非。"

刘节不仅对恩师敬爱有加,对自己的学生同样如此。

据刘节的学生、敦煌学家姜伯勤回忆,他曾批判过刘节。但1959年他本科毕业时,刘节却向学校的党委领导表示:"你们要把姜某留下来,这个人能成器。"姜伯勤说:"由于领导和刘节先生以及师辈的关心,我得到当研究生深造的机会。"

敬畏师道信仰,方能呵护知识尊严。

早在1939年,刘节就在日记中说:"凡是力量充实的总是始终一贯的,中途变节就是灭亡的象征。"

刘节,有节。

刘节(1901.8.8—1977.7.21),原名翰香,字子植,浙江温州永嘉人,近现代中国著名历史学家。1923年就读于上海南方大学哲学系,后转入国民大学。1926年考入清华学校国学研究院,师从"四大导师"王国维、梁启超、赵元任和陈寅恪,研习古代史。先后任教于南开大学、河南大学、燕京大学、浙江大学、金陵大学、中山大学。新中国成立后,曾任中山大学历史系主任。刘节著述颇丰,在中国上古史、古文字学、先秦古史、先秦诸子思想、史学史等方面均有颇高的建树。著作《中国史学史稿》,被认为是中国史学史学科重要代表作之一,著名史学家白寿彝称誉为"必传之作"。

本文参考来源:

1.《陈寅恪的最后20年》(陆健东,生活·读书·新知三联书店,1995年12月)

2.《刘节:史家风骨士子魂》(周豫、刘扬,《南方日报》,2013年4月17日)

3.《刘节日记》(刘节著,刘显曾整理,大象出版社,2009年6月)

4.《刘节:独立精神的坚守者》(刘宜庆,《中华读书报》,2009年12月30日)

5.《回忆刘节老师的教诲》(姜伯勤,选自杨瑞津编《刘景晨刘节纪念集》,2002年10月)

刘节可谓是陈寅恪倡导的"独立之精神,自由之思想"的坚守者。他既是师道尊严的捍卫者,也是传统文化的薪火传承者。

刘节 (1901—1977 年)

早在民国时期,他就主张通过城市工商业的发展,吸引农村的剩余劳动力来到城市,繁荣城市经济,使农民减轻负担。

吴景超(1901—1968年)

吴景超：
因为有我，可以向真美善的仙乡再进一步

在城乡二元结构的背景下，说到中国的"城镇化"，有一个安徽人，不得不提。

早在民国时期，他就主张通过城市工商业的发展，吸引农村的剩余劳动力来到城市，繁荣城市经济，使农民减轻负担。

"让农民进城，成为市民。"他的主张，似乎提前预见了当下"中国城镇化之路"。

此外，他在现代化、计划经济、土地、人口问题等方面的理论，或深或浅地影响着中国。

他和闻一多、罗隆基并称为"清华三才子"，他是胡适最为看重的年轻人之一，他是中国社会学、人类学、历史学的大师。

周恩来盛赞他的人口观点，蒋介石给他捎信让他去台湾，傅斯年、梅贻琦邀请他去美国……

他是我国首位写出城市社会学书籍的学者,被称为"中国都市社会学第一人"。

他的著作,是中国都市社会学的发轫之作。

他提出的"区域经济"、中国工业现代化等理论,他对中国社会阶级的理解,对中国农村土地、租佃及人口问题的判断与解释,影响至今。

他曾经被誉为"最超然于政治的学者"。

他就是吴景超,一个渐被历史尘封,却不应该被遗忘的徽州人。

中国都市社会学第一人

吴景超墓,隐于皖南山林中。

其人其事,已为不少人忘记。许多社会学专业的学生,也很少提起这位"一百年前的00后"。

笔者详阅万德兄翻拍的油印版《歙县地方志》,得以下记录:吴景超22岁毕业于清华学校,后赴美留学,获明尼苏达大学学士、芝加哥大学硕士和博士学位,懂英、法、德、俄等外语。在美国,同罗隆基、闻一多等人组织"大江学会",宣传资产阶级民主改革。1928年回国,先后任金陵大学、清华大学教授,清华大学教务长。

抗战前夕,经同窗翁文灏游说,把"专门学识贡献于国家",吴景超入职国民党政府行政院经济部。翌年,随翁文灏参加英国国王乔治六世加冕典礼,后访问德国和苏联。吴景超是一位卓有成就的社会学家,妻龚业雅为大学教授,大弟上海工商联工作,二弟任上海财经学院教务长,均极有学问。

清末民初以降,百余年间,中国的士农工商学,无不在探寻救国图强之路。

而在中国现代化的路径选择上,吴景超的贡献不可磨灭。

在现代化路径选择上,有两个方向:一个是梁漱溟、章士钊等人提出的"以农立国",一个是吴景超提出的工业化路线。

在中国著名的"工业、农业何者优先发展"的争论中,吴景超旗帜鲜明地提出"工业立国"。

吴景超在其代表作《第四种国家的出路》中,提出了"发展都市以救济农村"的理论,推行工业化。他将世界上的国家划分为四种,认为中国属于第四种国家,出路在于充分利用国内资源、改良生产技术;实行公平分配等。他是中国社会学界最早研究都市社会学的代表人物之一,侧重于从经济的角度来研究社会。

在中国第一代社会学家里,吴景超的治学方法特点鲜明。由于在国外广泛学习、游历,他的视野极具前瞻性和现代性,新颖而务实。

吴景超所著《都市社会学》一书,曾受到中国社会学奠基人之一孙本文的高度评价:"我国关于此方面著作,以吴景超氏的都市社会学为最早。"

作为中国20世纪上半叶研究都市社会学最主要的代表人物,吴景超被誉为"中国都市社会学第一人"。

没有吴景超,可能就没有梁实秋的《雅舍小品》

梁实秋先生的《雅舍小品》系列,是中国散文史上最著名的作品之一。

"长日无俚,写作自遣,随想随写,不拘篇章",梁实秋将身边琐事提炼成精致随笔,立刻风靡。他的不少作品,都以"雅舍"命名,像《雅舍忆旧》《雅舍散文》《雅舍谈吃》等。

其中,《雅舍小品》再版300余次。有人评价道,世界上凡是有华人的地方,就有《雅舍小品》。

《雅舍小品》给梁实秋带来极大声誉,奠定了他在中国现代散文史上的地位。

而他的"雅舍",就是于1940年和曾经的清华室友吴景超合伙在重庆买下的。雅舍共六间,梁实秋住一室一厅,吴景超和夫人龚业雅住两间。在为新房命名时,梁实秋说:"何不就用业雅的'雅'字?房子名为'雅舍'可也。"

由此可以看出,"雅舍"的命名,来自吴景超夫人龚业雅的芳名,而不是后人推测的梁实秋自命风雅。

如果没有吴景超,梁实秋的作品可能同样会在华人世界流传,但不一定是用《雅舍小品》这个名字了。

蒋介石、胡适、梅贻琦、傅斯年都想要吴景超跟自己走

1901年3月5日,吴景超出生于歙县一贡生之家,13岁时赴南京读金陵中学。15岁时入清华,一直到22岁。在校期间,曾任《清华周刊》总编辑,梁实秋评价他:"好史迁,故大家称之为太史公。"

"一二·九"运动发生后,很多进步学生被捕入狱。吴景超冒着危险,以清华大学校务长的身份,代表清华营救团去同当局交涉,营救学生出狱。

1936年初,吴景超经同窗翁文灏游说,转入政界,进入国民党政府工作,先后任国民党政府行政院经济部秘书、战时物资管理局主任秘书、行政院善后救济总署顾问、重庆国际最高委员会参事等职。

吴景超在经济部任职时,极清廉克己。日常所用邮票,分置两纸盒,一供公事,一供私函,绝不混淆。

1947年底,吴景超重回清华大学任教,并与钱昌照等人发起组织中国社会经济研究会,出版《新闻》周刊。

1948年,胡适向蒋介石力荐吴景超,研究解决金圆券等经济问题。同时被推荐的还有刘大中和蒋硕杰。后二位在土地改革和税制改革中发挥巨大作用,蒋硕杰还曾被提名角逐诺贝尔经济学奖。

不久,国民党当局请他出任驻联合国官员,遭他拒绝。

政权交替的前夕,蒋介石曾经捎信给吴景超,希望他能够随国民党撤到南方。胡适也派人送来了两张机票,动员他一路同行。吴景超不为所动。

傅斯年、梅贻琦等动员他去美国执教,均被他拒绝。他要在北平迎接解放。

他对一位清华校友说:"这是一个大时代,我们学社会学的人决不能轻易放过。"

1968年5月,吴景超因病去世。

13岁出门远行的少年,长眠于故乡的山水间。

2021年,清华大学主办"吴景超与中国社会学——纪念吴景超先生诞辰120周年学术研讨会"。清华大学社科学院副院长、社会学系主任王天夫教授表示,无论是在清华求学还是任教期间,吴景超先生都涉猎广泛,在社会科学的多个领域都有开创性的研究,并将其应用到社会问题的解决中,"推动着国家和社会的发展"。

吴景超曾对闻一多说:"人生最完满、最快乐的生活,只是诚心悦意地加入社会去活动,使我所居的社会,因为有我,可以向真美善的仙乡再进一步。"

吴景超(1901.3.5—1968.5.7),安徽歙县人,社会学家、人类学家、史学家。1915年入清华学校,1923年赴美留学,先后在明尼苏达大学、芝加哥大学攻读社会学,并获得学士、硕士、博士学位。1928年回国,任金陵大学社会学教授兼系主任。1931年任清华大学教授,曾任教务长。1935年在国民党政府任职,1947年返回清华大学任教。1952年后执教于中国人民大学经济系。1968年去世。他是中国20世纪上半叶研究都市社会学最主要代表人物。其主要著作有《社会组织》《都市社会学》《社会的生物基础》《第四种国家的出路》《劫后灾黎》等。

本文参考来源:

1.《吴景超社会思想研究》(邹千江,中国传媒大学出版社,

2014年)

2.《吴景超及其社会思想新探》(邹千江,《江淮论坛》,2014年第6期)

3.《吴景超的城市化思想及其当代启示》(傅扬,《社科纵横》,2019年第3期)

4.《他从徽州深山走向世界,成为"中国都市社会学第一人"》(吴葆乐、陈平民,《黄山日报》微信公众号,2021年11月30日)

5.《社会学家——吴景超》(周叔俊,《中国人民大学学报》,1990年第6期)

洪谦：
世界上最后一个彻底的逻辑经验主义者

一个人，如果可以用"最""唯一"来形容，那么无论你之前有没有听说过他的名字，他肯定都是一个了不起的人物。

他是梁启超的学生、胡适的亲戚、《资本论》里唯一提及的中国人王茂荫的曾外孙，13岁时就受到康有为的赏识。

他是维也纳学派唯一的东方成员，师从著名哲学家石里克，是当代中国最著名的哲学家之一，被称为"世界上最后一个彻底的逻辑经验主义者"。

他就是安徽歙县人洪谦，一个我们不该遗忘的大家。

康有为发现的神童，梁启超的学生，周恩来的翻译

洪谦出生于1909年秋，年少时在福建学习。他在东南大学读预科时,写了一篇关于王阳明的文章,发表在吴宓主编的著名学术期刊《学衡》上。康有为读了之后,称其为"哲学神童",邀其赴沪见面。两人相谈甚欢,康有为遂推荐他跟随梁启超学习。学习了一段时间后,梁启超又举荐他到日本帝国大学,师从阳明学权威宇野哲人。

回国后,洪谦在清华学校国学研究院预科班学习。在大师云集的清华国学院,洪谦如鱼得水,受益匪浅,得到了梁启超、梁廷灿等人的悉心指教。

1927年,在梁启超的推荐下,由安徽同乡会资助,洪谦来到德国耶拿,跟随著名精神哲学家、诺贝尔文学奖得主倭铿学习精神哲学。

倭铿去世后,洪谦仍留在德国学习,他先后选听了新康德主义者鲍赫和现象学家林克等大师的哲学课,并于1934年获得博士学位。

在此期间,恰逢周恩来、张申府等共产党人旅居德国,宣传无产阶级思想,建立进步组织。周恩来做演讲时,洪谦多次担任翻译。

石里克的学生，维也纳学派唯一的东方成员

1928年，洪谦转入维也纳大学学习。在这里，他开启了人生的新征程。

洪谦的导师，是著名的哲学家、物理学家石里克。

作为维也纳学派和逻辑实证主义的创始人，石里克横跨自然科学、社会科学两界。他建议洪谦从数学、物理学、数理逻辑学入手，再转向哲学科学。

石里克一门，群星璀璨。比如，洪谦的师叔是卡尔纳普，他的同学有艾耶尔，大家经常在一起喝咖啡、聊哲学。石里克甚至还专门在家中为洪谦准备了一张书桌。

"石里克很喜欢我，我们之间关系亲密。"后来洪谦回忆道。

旅欧数年，洪谦涉猎极广，在理、工、哲领域均进行了深入的学习和研究，打下了丰厚的底子。

关于做学问，洪谦有自己的心得：首先是要打好基础，好比盖房子，地基不牢，盖不了高楼大厦。又说，知识基础要像铁板钉钉一样打得扎扎实实。他甚至用手指着头说："就是要把基础的东西牢牢地钉在脑子里。"

1934年，他在石里克的悉心指导下，写就《现代物理学中的因

果性问题》一文,获得哲学博士学位,并成为维也纳学派中唯一来自东方国家的成员。

维也纳学派是20世纪影响最广泛、持续最长久的哲学流派之一。

从国际知名学者到国内知名教授

对祖国,洪谦一直怀着深厚的感情。尽管他年纪轻轻就成了国际知名的维也纳学派成员,但他还是义无反顾地回到中国。

1937年初,洪谦归国后,在北京大学和清华大学哲学系讲授维也纳学派的逻辑经验主义,重点是讲石里克的哲学观点。

在西南联大教学时期,洪谦将研究与实践的成果,精编成《维也纳学派哲学》一书,由上海商务印书馆出版。这是中国第一本系统介绍维也纳学派思想的著作,为逻辑经验主义领域在中国的传播做了开拓性的工作,至今仍然深受读者欢迎。

洪谦的主要作品都是先用德文或英文写成、发表,然后找人翻译成中文。对于西方哲学来说,用外文写作,更符合研究方面的话语体系。

抗战胜利后,洪谦于1945至1947年在英国牛津大学新学院任研究员,从事研究和教学工作。1947年回国,在中山大学任教。

1948年,武汉大学请他当哲学系主任兼教授,至1951年。

新中国成立后,维也纳学派、马赫主义流派的研究受到一定影响。洪谦主要从事西方哲学史基本概况的研究。在担任北京大学哲学系西方哲学史教研主任期间,为了让国人更多地了解西方哲学史,他主编了四卷本的《西方古典哲学原著选辑》,其中包括《古希腊罗马哲学》《十六—十八世纪西欧各国哲学》《十八世纪法国哲学》《十八世纪末—十九世纪初德国哲学》。这套书至今仍是我国学者和教学研究部门学习和研究西方哲学必读的一套完整参考书。

改革开放后,洪谦焕发了学术研究的第二春。他先后扩充、修订了《西方现代资产阶级哲学论著选辑》,主编了《逻辑经验主义》(上、下两卷),和牛津大学学者一起主编了《石里克论文集》(英、德文版)。他还写了大量论述逻辑经验主义的文章,收入《逻辑经验主义论文集》一书。

为了尽快地与世界接轨,洪谦参加了大量的国际学术、文化交流活动。1984年是洪谦获得维也纳大学哲学博士学位五十周年,维也纳大学专门为他举行了庆祝大会,并向他颁发荣誉博士证书。

洪谦受到国内外哲学界的高度评价,认为他在现代中国哲学的发展中起了独特的作用,是中国研究西方哲学的权威人士,是中国最杰出的当代哲学家和世界上最后一个彻底的逻辑经验主义者。

斯人已去，风骨长存

1992年2月27日，一代大师洪谦先生逝世。

不仅《人民日报》、新华社、《光明日报》、《哲学研究》等媒体发表了讣告，国外的《泰晤士报》、《卫报》、《独立报》、英国广播公司也发表了长篇讣告，共同悼念这位享有巨大国际声誉的哲学家。

2009年，在洪谦先生一百周年诞辰之际，中国现代外国哲学学会分析哲学专业委员会、武汉大学哲学院等设立"洪谦哲学论文奖"。

先生泉下有知，应该心中有慰吧。

一个人的学问再大、成就再高，终要以他的人格做底色。洪谦先生用强大的道德的勇气和人格力量，铺陈了自己的人生。

无论在国内还是在国外，无论是在苦风凄雨中还是在阳光明媚时，他都遵从于自己的内心，遵从于自己的信仰判断，坚持自己的学术和思想立场，不说违心的话，不写言不由衷的文，更不会趋炎附势，不屈从于外界的风云变幻。

他维护的,不仅是个人的人格,更是知识分子的尊严。

他是一个真正的爱国者,尽管受到过诸多磨难,但他的爱国之心,依然热忱。

时至今日,除了专业的研究者外,公众对洪谦这个名字越来越陌生。他作为一种历史的存在,无论是伟大还是平淡,都已经淡出视野。甚至他一生追随、极力推崇的维也纳学派,也呈寂寥之态。但,总有人、总有事,不该被我们遗忘。

洪谦的格言是"我知我无所知"。

洪谦(1909.10.21—1992.2.27),又名洪潜,号瘦石,谱名宝瑜,安徽歙县人。当代中国著名哲学家,维也纳学派中唯一的中国成员。被公认为中国最杰出的当代哲学家和世界上最后一个彻底的逻辑经验主义者。曾远渡日、德留学,在德留学时师从石里克。1934年获奥地利维也纳大学哲学博士学位。曾任清华大学哲学系讲师,西南联大哲学系教授,英国牛津新学院研究员,武汉大学哲学系教授兼主任,北京大学哲学系教授、外国哲学史教研室主任及外国哲学研究所所长,英国牛津大学客座研究员,日本东京大学客座教授,中国社会科学院哲学研究所研究员和学术委员,中国现代外国哲学研究会名誉理事长,中英暑期哲学学院名誉院长。1984年被维也纳大学授予荣誉博士学位。著有《现代物理学中的因果律问题》《石里克和现代经验主义》《维特根斯坦和石里克》《论确证》《逻辑经验主义论文集》《维也纳学派哲学》《哲学史简编》《西方现代资产阶级哲学论著选辑》《西方古典哲学原著选辑》等。

本文参考来源：

1.《怀念洪谦先生》(李步楼,武汉大学哲学学院网站,2016年11月6日)

2.《哲人如斯——追念洪谦先生》(张汝伦,《读书》,1993年第1期)

3.《我所知道的著名哲学家洪谦教授》(洪啸吟,《外国哲学》,2018年第2期)

4.《北京大学周培源校长与哲学系洪谦教授》(樊平,360个人图书馆,2016年12月25日)

5.《回忆洪谦教授》(洪汉鼎,《世界哲学》,2009年第6期)

6.《洪元硕与他的大哲老爸洪谦教授》(丁子江,《外国哲学》,2018年第2期)

7.《洪谦小传》(韩林合,《外国哲学》,2018年第2期)

8.《洪谦先生及其学术思想》(赵星宇,《外国哲学》,2018年第2期)

他是维也纳学派唯一的东方成员,师从著名哲学家石里克,是当代中国最著名的哲学家之一,被称为"世界上最后一个彻底的逻辑经验主义者"。

洪谦（1909—1992年）

一个出身名门的书香子弟,一个风华正茂的青年英才,一个事业有成的杰出商人,最终用自己的生命书写了对国家和民族的『大义』。

陈三才（1902—1940 年）

陈三才：
"当代荆轲"——刺杀汪精卫的清华学子

今天这篇文章的主角是曾谋划刺杀汉奸汪精卫的清华毕业生、著名实业家陈三才。

清华大学校长梅贻琦曾因此事而为陈三才撰文："我校校友于抗战年月内杀身成仁者，以陈君为最著，也以陈为最惨，今后应如何于文字上及事业上纪念陈君，永垂久远。"著名社会活动家黄炎培称他为"当代荆轲"。

出身名门，美国名校"最值得信赖的同学"

1902年8月4日，陈三才出生于江苏名镇昆山。陈家有"苏州葑门外第一家"的美誉，书香氛围浓郁。其父饱读诗书，是光绪庚子恩贡。陈三才自幼就受到良好的教育，先入私塾，后入苏州元和高等小学。既打下了坚实的传统文化基础,又接受了诸多新生事物。高小毕业后,陈三才进入江苏省立第二中学学习。他天资聪颖,一边苦读,一边广泛参与课外活动,体育、音乐样样精通,可以说是文武双全。特别是打球,更是有天赋。后来,他留美时,曾担任过学校的网球队、足球队队长,可以说是小时候奠定的基础。

1916年,14岁的陈三才被保送到清华学校留美部中等科学习。

虽然年幼,但陈三才眼界开阔,胸怀家国。面对风云变幻的时局,他密切关注,并积极投向其中。五四运动爆发后,清华成立代表团,组织救国团和宣传队。陈三才报名加入宣传队,和同学们一起,用报纸铺地,睡在广场上请愿,抗议当局的行为,吁请释放被捕学生。

1920年,陈三才从清华庚申级中等科毕业,在王文显教授的带领下,从上海坐船起程赴美留学,进入美国新英格兰地区最好的学校——马萨诸塞州的伍斯特理工学院,专习电气工程。

身处异域,陈三才一如既往地刻苦学习,积极参加各种课外活动。他先后当选为学院工学会、电工学会、科学会的委员,还是学院网球队、足球队的队长,带领各国同学驰骋球场,屡创佳绩。

他还担任过中国留学生同学会的秘书长、辩论协会副主席、中国学生会副主席等职。在学校里,可以说是个风云人物。

伍斯特理工学院的档案里,保留着对陈三才的记录:"陈三才是我校最值得信赖的同学之一""不管怎样熟悉他的人都会发现陈是一个忠实的朋友,一个愉快的伙伴"。

以优异的成绩取得学士、硕士学位后,陈三才进入美国著名的威斯特浩斯电气制造公司实习、工作。

回国创业,"冰箱大王"实业报国

旅美那几年的经历,让陈三才深刻地认识到,实业救国是一条正道。

于是,他决定放弃美国优渥的工作和生活,回国创业。

1926年,24岁的陈三才在上海开办中美合资北极电气公司,任总经理,专销冰箱、制冰机器、调节空气、自动煤机、调节仪器等电气设备。在经商期间,他不忘所学,加入美国冷气、电气、暖气、通风等工程学会,成为会员。同时,他还是总部设在特拉华州的美国工程有限公司的副总裁。陈三才生意做得风生水起,成为上海滩知名的富豪,被称为"冰箱大王"。他把在美国学到的当时最先进的电气与制冷方面的专业知识,传授给上海的技术人员。

热心公共事务的陈三才,还兼任上海联青社社长、清华同学会会长之职,并参与发起组织中国工程师学会。

当时,电冰箱绝对是一种新奇的高科技产品,许多社会名流趋之若鹜。陈三才的生意十分红火,他的生活条件有了极大的改善,汽车、洋房应有尽有,还娶了一位美国女子为妻,一时传为佳话。

这位名校学子、青年才俊、商界精英,原本可以过着优裕富足的生活,但他天生不是一个贪图享受的人,血脉里流淌的是不屈的家国情怀、民族气节。

"一·二八"淞沪抗战爆发,中华民族陷入危难。虽然不是战士,但作为上海滩颇具影响力的企业家,陈三才走到了最前线。他不仅带头捐款捐物,还亲自开车带着工程师来到前线,帮助抗敌的十九路军画防线图、垒草包。

"八一三"会战时,陈三才又一次次地冲到前线,给驻防官兵送去船只、设备,协助官兵反击日军兵舰,参加各种救亡活动。

刺杀汪精卫,壮士以身殉国

在时代的大河中沉浮,如何守正、如何修身、如何治国、如何平天下,从小处说,是一个人要做的人生选择;从大处讲,则必须守住民族大义,以家国情怀为先。

而汪精卫则慢慢走向了自己初心的反面：从刺杀者到被刺杀者。

1935年11月1日，国民党四届六中全会闭幕时，100多名国民党中央委员合影。伪装成记者的抗日爱国志士孙凤鸣，本来要刺杀蒋介石，但多疑的蒋介石没有参加合影。孙凤鸣高呼"打倒卖国贼"，向参加合影的汪精卫连开三枪。汪精卫中枪后没有当场毙命，但打进脊椎的那颗子弹没有办法取出来。九年之后，这粒子弹还是要了他的命。

1938年12月29日，汪精卫发表"艳电"公开叛国投日，成了全民公敌。

一心救国的陈三才，义愤填膺，暗中谋划炸掉汪伪政权在上海的"76号魔窟"——日寇和汪伪的特工总部，位于极司菲尔路76号，专事屠杀爱国志士。但因为计划被察觉，所以没有实现。

一计不成，陈三才又生一计：直接暗杀汪精卫。

他经过多方打探，结识了一位白俄人，买通了一个白俄护士，密谋在汪精卫去医院看病时，实施毒杀计划。

陈三才反复实验，只等汪精卫上门。但多疑的汪精卫临时改变了就诊医院，致使计划落空。事后，这名白俄人多次勒索陈三才，并向汪精卫告发。

1940年7月9日，陈三才被捕，被关入他曾计划要炸毁的"76

号魔窟",受尽酷刑。不久,他被押至南京,由汪精卫亲自审问。

面对汪精卫的威逼利诱,陈三才铁骨铮铮地做了回答:"国贼人人得而诛之。"

虽然社会各界都积极努力进行营救,但汪精卫杀意已决:着即枪决。

1940年10月2日凌晨,陈三才在南京雨花台英勇就义。

"我差不多费了十三年的工夫来了解:一个人的幸福不在乎自己的所得,而在于为别人服务。"陈三才在英文遗书中这样写道。

一个出身名门的书香子弟,一个风华正茂的青年英才,一个事业有成的杰出商人,最终用自己的生命书写了对国家和民族的"大义"。

抛却头颅,洒尽一腔热血,气壮山河。

1942年2月1日,中国工程师学会、清华同学会、联青社及张一麐、翁文灏、吴国桢、冯玉祥、梁寒操等社会名流在重庆为陈三才举行追悼会。冯玉祥、陈立夫、黄炎培、顾毓琇等要员出席。黄炎培尊称陈三才为"当代荆轲"。

《新华日报》这样评价:"陈三才烈士为沪上名工程师,前以谋刺汪逆不幸事泄被害,中国工程师学会、清华同学会等团体及各界人士,拟联合举行追悼会。陈烈士江苏吴县人,曾肄业清华大学,后留学伍斯特大学习电机科。一二八之役,烈士以技术助抗日军种种工事设备,后秘密参加沪上救亡工作。汪贼被河内烈士狙击未中,乃集沪上爱国分子,谋再投博浪锥,不幸事泄被捕。贼亲审时,烈士曾曰余与尔无私怨,欲诛国贼耳。遂从容就义,时二十九年十月二日,其地则南京雨花台也,年三十有九。"

两个月后,清华大学校长梅贻琦撰文写道:"校友陈三才君为国牺牲……我校校友于抗战年月内杀身成仁者,以陈君为最著,也以陈为最惨,今后应如何于文字上及事业上纪念陈君,永垂久远……"

郑振铎在1945年10月20日出版的《周报》发布题目为《陈三才》的文章:"战争使我们分别出黑与白,邪与正,忠与奸来。战争使社会的渣滓们沉沦下去,而使清新的分子浮现了出来。虽然那些清新的分子被牺牲、被杀害了不少,而留下来的却都是建国之宝。可惜的是,陈三才先生却永远不能参与这个建国大业了!"

2001年4月,清华大学90周年校庆时,筑"祖国儿女清华英烈"纪念碑。纪念碑上刻着"在民族独立和人民解放斗争中献身的清华英烈永垂不朽!"43名英烈中,陈三才的英名赫然在列,名列第五。2014年12月,江苏省民政厅认定陈三才为烈士。

陈三才(1902.8.4—1940.10.2),名定达,号偶卿,出生于江苏昆山锦溪。1916年于江苏省立第二中学毕业,保送清华学校。1920年赴美国伍斯特理工学院留学。1924年进入美国西屋电机公司实习工作。1926年回国后在上海经营北极公司,曾担任清华同学会会长、联青社社长。1931年发起组织中国工程师学会。抗日战争期间,他积极出钱出力,亲赴抗日前线,协助军队构筑工事。后因参与刺杀汪精卫未成,于1940年10月2日被杀害于南京雨花台。2001年清华大学90周年校庆时,陈三才的名字被刻入清华英烈纪念碑。2014年12月,江苏省民政厅追认陈三才为烈士。

本文参考来源:

1.《陈三才:刺杀汪精卫的上海实业家》(孙月红、陆宜泰,《上海滩》,2017年第2、3期)

2.《记陈三才》(郑振铎,《郑振铎全集》,花山文艺出版社,1998年11月1日)

3.《陈三才烈士殉职事略》(不详,《先烈史略稿》,1946年4月)

4.《陈三才》(陆宜泰、万芊,华夏出版社,2002年12月)

5.《北极冰箱公司和它的老板陈三才》(施原,《国殇》,团结出版社,2012年1月)

叶公超：
保护国宝毛公鼎，桃李满天下

恃才傲物、书生意气、性格耿直，是叶公超最显著的标签之一。

叶公超的好友、著名报人叶明勋曾说："提起李白，除了诗忘不掉他的酒；提起徐志摩，除了散文忘不掉他的爱情；提起叶公超先生，除了他的外交成就与风流丰采，我们忘不掉他的脾气。"

或许，这是对叶公超一生最好的写照。

最年轻的海归教授，培养了钱钟书、季羡林、杨振宁

叶公超曾祖叶衍兰，官拜户部郎中、军机章京，曾主讲越华书院四十年，一代大学问家；祖父叶佩含，三品衔江西候补知府；父叶道绳，九江知府。其家族成员不仅驰骋官场，还大多是学者、书

画家,有一些还是书画、彝器收藏大家。

祖籍浙江余姚、籍贯广东番禺的叶公超,1904年10月20日出生于江西九江。

诞生于书香门第,叶公超自然是家学渊源深厚。然而在幼时,叶公超家道变故,他被交由叔父叶恭绰抚养。

叶公超天资聪颖,叶恭绰视其为己出,伴其左右,悉心培养。

14岁时,叶公超考入南开中学。次年遇五四运动,他积极投身其中,加入"南开救国十人团",到各地演讲,声援北平,唤醒民众。

16岁时,叶恭绰将其送往美国留学,成为"美国文学中的桂冠诗人"罗伯特·弗罗斯特的学生。

在美国求学时,叶公超曾出版过一本英文诗集,得到弗罗斯特的赏识。弗罗斯特甚至称赞叶公超会成为"中国的泰戈尔"。

从麻省赫斯特大学毕业后,叶公超又赴英国学习,英文得以精进。其间与英美新批评派的开山鼻祖、著名诗人托·史·艾略特结识,获剑桥大学硕士学位。

1926年,尚不满22岁的叶公超回国,执教于北京大学英文系,主讲西洋文学,成为中国近代教育史上最年轻的"海归"教授之一。教书的同时,他还兼任北京《英文日报》与《远东英文时报》的编辑,激昂文字。

作为英文比中文还要好的教授,叶公超曾在暨南大学、清华大学、西南联大等国内一流大学,任英文系教授兼系主任。

胡适曾赞叶公超："公超的英文是一等一的英文，就是外国一般大政治家，也不见得说得过公超。"

有人问著名美学家朱光潜，在同人当中，谁的英语最好？他思索了一会儿说，也许是叶公超吧！

课堂上，叶公超的留学履历，让他时时透出英伦风。平日里，他西装笔挺，风度翩翩，嘴上叼着烟斗，再加上纯正地道的英语，绅士味十足，瞬间征服了一大批学生。

废名、梁遇春、钱钟书、卞之琳、杨联、季羡林、常风、辛笛、赵萝蕤、李赋宁、杨振宁、穆旦、许渊冲……这些名字，随便拿出一个，在中国近现代史上都是熠熠生辉。你能否想到，这些人都曾在叶公超门下读书研习。叶公超可谓是"桃李满天下"！

中西文化交流、欧美小说、英国戏剧、英美现代诗、欧洲文艺复兴等等，都是叶公超擅长的课程。其著作《介绍中国》《中国古代文化生活》《英国文学之社会原动力》等，影响了无数青年。

钱钟书尊称他为"大学时代五位最敬爱的老师"之一。

一位学生曾如此评价："他已长眠地下，他的桃李芬芳遍满五洲，每一个弟子都是他的活纪念碑。"

保护国宝毛公鼎，为此被日军关押49天

五四时期的文学社团"新月社"，是当时最大的以探索新诗理

论与新诗创作为主的文学社团。才华横溢的叶公超被吸纳入社,并很快和新月社的成员胡适、徐志摩、闻一多、梁实秋等结为知己。

结束在北大的教书工作后,叶公超参与创办新月书店,并担任上海暨南大学外交系系主任,兼图书馆馆长。以《新月》月刊为平台,叶公超编辑出版了《近代英美短篇散文选》,另与闻一多共同编选《近代英美诗选》。

在《新月》出版后期,叶公超主持编务。他十分重视培植新人,像曹葆华、钱钟书、常风、余冠英、孙毓棠、李长之、杨绛、卞之琳、李广田等,都在"新月"的照耀下,散发出光辉。

《新月》出版到最后三四期,除少数几位作家投来作品外,其他文章基本上由叶公超用不同的笔名写就,一个人撑起了半边天。

《新月》停办后,《学文》创刊,叶公超任主编。成员有闻一多、林徽因、季羡林、赵萝蕤、李健吾、何其芳等。后来,叶公超放弃了《学文》主编工作,辗转欧、美、非、亚旅行,一路挥洒才情与激情。

七七事变爆发后,叶公超执教于由北大、清华、南开三校组成的长沙临时大学,任外语系主任。不久,学校迁到云南,改名为西南联大,他又任该校外文系教授。

上海被日军占领后,叶公超的叔叔叶恭绰拒受伪职,赴香港避难。匆忙中,将国宝级文物——西周毛公鼎遗留在上海。

为了防止国宝落入日本人手中,叶恭绰特地找到叶公超,让他从昆明潜回上海,设法保护毛公鼎。

不料有人暗中告密,叶公超刚到上海,就被日本宪兵抓捕入狱。

在狱中,叶公超受尽严刑拷打,各种鞭刑、水刑让他遍体鳞伤,但有着铮铮傲骨的叶公超始终咬紧牙关,不肯透露一字。

整整49天过后,在家人和各方的斡旋下,叶公超被保释出狱,秘密携带毛公鼎,逃往香港。

经此变故后,叶公超的性格和命运都发生了重大转折。在爱国情怀的驱使下,他毅然决定,弃学从政,开启人生新阶段!

学者从政,骨子里仍是知识分子的傲气

作为学者从政的代表,叶公超在多年的宦海沉浮中,始终秉持着一名知识分子的傲骨和作风。一言一行中,依然是文人的做派。

中国近现代史上政学双栖的风云人物陶希圣曾说他是"文学的气度,哲学的人生,国士的风骨,才士的手笔"。

儒的气质、士的骨气、文人的情趣、政治家的格局、外交家的手腕,在他身上得以集大成。

在美国时,叶公超应邀发表演讲,基本上"不看讲稿,出口成章,手挥目送,亦庄亦谐。有时声若洪钟,排山倒海;忽然把声音降低到如怨如慕,窃窃私语,全场听众屏息静听"。至演讲结束,数百位如痴如醉的听众,集体起立鼓掌,历数分钟不息。

华盛顿大学政治学名教授乔治·马丁和远东问题专家乔治·泰勒以及著名汉学家小卫礼贤等都赞许叶公超的英语是"王者英语",其声调和姿态,简直可以和二战期间最伟大的演讲家、英国首相温斯顿·丘吉尔相媲美。

在多年的外交生涯中,叶公超几乎和当时世界上所有重要的政治家都有过交往。

古之名士,多"说大人,则藐之"。

叶公超在见艾森豪威尔时,"心理上把他看成是大兵";和肯尼迪会晤时,"心想他不过是一个花花公子、一个有钱的小开而已"。

文人的风骨,让叶公超眼里容不得沙子。无论谁有错,他都当面指责。因此得罪了不少同僚,最终触了蒋介石的逆鳞。

有一次,叶公超被邀请去听蒋介石的报告,他觉得无聊,就无所顾忌地发牢骚:"两个小时可以办许多事情,却一定要让我来浪费。"

"喜怒无常、狂狷耿介",脾气"大"且"坏",这是很多人对叶公超的评价。逢场作戏时,他游戏人间;投入工作时,他治事谨严;经济拮据时,他卖手表为生;手头宽裕时,他散尽千金捐给穷苦读书人。

狂放耿直的作风、书生意气的做派,让他在官场上很难独善其身。他最终被蒋介石踢出局,自是意料之中。

爱管是非生性直,不忧得失此心宽。看似豁达的背后,是旷世的悲凉。

著名报人陆铿曾说:"一个弥漫着假道学气氛和充满钩心斗角的官场,怎能容得下真正的人才?何况叶公超是天才。这不是叶公超的悲剧,而是中国的悲剧,时代的悲剧!"

怒而入仕,怨而出世。

晚年的叶公超,被困在台湾岛上。从政无门,教书的路也被堵死,甚至亦不得与家人团聚。

他只得将一腔热血,泼洒于书画,"怒而写竹,喜而绘兰,闲而狩猎,感而赋诗"。不料,因此成了著名的书画家。他时常和张大千、黄君璧、溥心畲、陈子和等人雅集和餐叙,切磋书画艺术。一时间,求其墨宝者甚众。

1981年11月18日,他在病榻上对记者说:"我希望能再活个三年五载,整理一些少年时写的作品。"

两天后,他溘然长逝。

去世当天,他的绝笔《病中琐忆》在《联合报》上刊发,文曰:"生病开刀以来,许多老朋友来探望,我竟忍不住落泪。回想这一生,竟觉自己是悲剧的主角,一辈子脾气大,吃的也就是这个亏,却改不过来,总忍不住要发脾气。"

台静农的挽联写道:

诗酒豪情,风流顿觉蓬山远。

浮生悲剧,病榻忽兴春梦哀。

叶公超(1904.10.20—1981.11.20),名崇智,字公超,祖籍浙江余姚,出生于江西九江。近代著名学者、教育家、外交家、书法家。先后任教于北京大学、暨南大学、清华大学、北师大、西南联大等,兼多所大学英文系主任。在十四年的教授生涯中,培养废名、梁遇春、钱钟书、卞之琳、杨联、季羡林、常风、辛笛、赵萝蕤、李赋宁、杨振宁、穆旦、许渊冲等无数英才。晚年寄情于书画创作。著有《介绍中国》《中国古代文化生活》《英国文学中之社会原动力》《叶公超散文集》等。

本文参考来源:

1.《曾被遗忘的叶公超》(骆驼刺,《书屋》,2004年第6期)

2.《重识叶公超在中国现代文学史上的地位》(文学武,《社会科学》,2015年第4期)

3.《叶公超的朋友圈》(史飞翔,《人民政协报》,2017年7月20日)

4.《叶公超:为毛公鼎闯日占区　主持国民政府"断交部"》(古远清,《几度飘零:大陆赴台文人沉浮录》,广西师范大学出版社,2010年2月)

5.《叶公超其人其事》(秦贤次,传记文学出版社,1983年)

6.《叶公超:从新月作家到外交家》(古远清,《几度飘零:大陆赴台文人沉浮录》,广西师范大学出版社,2010年2月)

一位学生曾如此评价：「他已长眠地下，他的桃李芬芳遍满五洲，每一个弟子都是他的活纪念碑。」

叶公超 (1904—1981 年)

张岱年在《八十自述》中写道：「深知救国必须有知，于是确立了求真之志，培育了追求真理的热诚。自审没有从事政治活动的才能，于是走上了学术救国的道路。」

张岱年（1909—2004 年）

张岱年：
直道而行

民国十七年（1928），一位19岁的年轻人本可以免试入北京师范大学，但因倾慕清华大学，便放弃了北师大，转投清华，顺利被清华录取。

其时，罗家伦执掌清华，以学术化、民主化、纪律化、军事化管理学校。其中的军事化就是做早操。这名青年受不了，只上了一个多星期就退学了，转投北师大。1933年他毕业后，有人把他推荐给清华校长梅贻琦。梅校长不计前嫌，聘其为助教。

就这样，当年的清华退学生成了清华教员，讲授哲学。

讲学之余，他写成50万字的《中国哲学大纲》，成为中国哲学专业学生的必读书目、中国哲学研究和教学的最重要的参考资料。

需要指出的是，他大学里学的是教育专业，和哲学没什么关系。更值得一提的是，他完成此作时年仅28岁。

他,就是20世纪中国最杰出的哲学家之一张岱年。

他提炼了中华民族的精神

张岱年,原籍河北省献县,1909年出生于北京,幼年在河北乡间度过。其父张濂为清光绪时进士,后为翰林院编修。

张岱年幼时即与同龄人不同,常常一个人沉思,"静默好深湛之思"。而且他思考的内容也与别人不一样,思的是"天地万物之本原"。长兄张申府,中国现代著名哲学家、中国共产党创始人之一,对张岱年的学术道路选择产生重要影响——张申府将他带到北京,为其开启了一扇门:哲学。

基于先前打下的底子,大学期间,张岱年发表了多篇学术文章,结识了熊十力、金岳霖、冯友兰等哲学界名家。他还曾经参与梁启超和胡适的辩论,在业界崭露头角。

著名哲学家冯友兰后来回忆说,他当年阅读张岱年的文章,"亲切有味,心颇异之,意其必为一年长宿儒也。后知其为一大学生,则大异之"。

在清华任教期间,张岱年潜心学术。他治学严谨,思路明确,方法得当。深厚的学术素养,加上后天的勤奋努力,很快使他有了大成就。他对先秦诸子、汉魏哲学、宋明理学、明清实学都进行了系统研究,注重阐明中国传统哲学中的唯物论与辩证法思想。在20世纪30年代,一般认为宋明理学分为程朱理学与陆王心学两大派别,而张岱年提出"在程朱、陆王两派之外,还有以张横渠、王浚川、王船山为代表的气一元论",特别注意对中国哲学史上的概念范围的阐释,认为中国古典哲学有自己的一套概念范畴,与西方哲学有所不同。

他上溯中国先贤哲思,系统梳理了中国传统哲学的唯物论思想,先后写出《先秦哲学中的辩证法》《中国元学之基本倾向》《中国思想源流》等著作,迅速在学界产生重要影响。

抗战时,张岱年因在姐姐家,与清华失去联系,未能随校南行,滞留北京。他选择了闭门研学,誓不与敌伪合作,先后完成《哲学思维论》《知实论》《事理论》和《品德论》等著作,形成了相对完整的哲学体系。特别难得的是,他通过这些著作,阐述了中国传统的辩证法、唯物论、人生观和人本思想,给抗战中的国人提振了民族精神。

这一点,他后来在《八十自述》中写道:"深知救国必须有知,于是确立了求真之志,培育了追求真理的热诚。自审没有从事政治活动的才能,于是走上了学术救国的道路。"

1995年,86岁高龄的张岱年忆起一生中几个难忘的"第一次"时说:"最有意义的第一次是1945年8月15日听到日本投降的消息……这是平生感到最大快乐的第一次。"

张岱年对中国还有一大贡献:把中国文化基本精神的主要内涵概括为"刚健有为,贵和执中,崇德利用,天人协调",最后提炼成"自强不息,厚德载物"8个金光闪闪的大字,照耀在中华民族的上空。

淡泊名利,体恤后进

冯友兰曾用孔子的"刚毅木讷近仁"形容张岱年的精神境界,称其:"治学之道为'修辞立其诚',立身之道为'直道而行',此其大略也。"后来,冯先生还把自己的堂妹冯让兰介绍给张岱年,二人结为连理。

张岱年无论在何种厄境中,均"直道而行"。季羡林先生这样评价他:"独对先生的为人,则心仪已久。他奖掖后学,爱护学生,极有正义感,对任何人都不阿谀奉承,凛然一身正气,又绝不装腔作势,总是平等对人。"

张岱年对待年轻人关爱有加,特别体恤后进。无论是学生,还是青年教师,只要能帮的,他就尽力去帮。

有位协助他整理出版《中国哲学史史料学》的教师不幸去世,他决定将这本书的稿酬全部赠送给这位教师的家属。后来听取了各方的意见,他将稿酬的大部分赠送给逝者家属,其余部分用于购书,分发给学生,他本人则分文不留。

张岱年家的房子使用面积仅有 50 平方米,住了五六口人。寒冬腊月里,家里坐不下,张岱年就带着一群客人在楼下散步,讨论问题。曾经有一群学生到张家拜访,张岱年亲自出来迎接,只要学生站着,他就一直不坐。"终于说好了大家同坐,他微微下蹲,看我们没有坐的意思,又马上直起身子……"此情此景,让学生们感动不已。

张岱年的弟子、清华大学教授刘鄂培曾回忆道:"连续讲授两个小时,即使是年轻教师也会感到吃力,何况岱年师已过七旬,还患有心痛病,不时发作。岱年师登上讲坛,服一次药,讲十来分钟;再服药,再继续讲……在座者无不为先生精彩的讲课和坚忍的毅力所折服。"

张岱年曾受邀到中央党校做讲座,有研究生整理出讨论的相关内容发表后,欲把稿费给他。他坚决不收,表示不是他整理的。研究生犟不过他,只得自己全收下。

曾任中国哲学史学会副会长的蒙培元也有类似的回忆:20 世纪 90 年代,他与张岱年合作,为《中国百年学术大典》之《哲学大典》撰写"总论"。此前,张岱年发表过与此有关的几千字的文章。此文由蒙培元执笔,文中有张岱年的观点、思想,而且经过张岱年亲自审读并修改,是名副其实的"合作"。但蒙培元送稿酬时,张岱年坚决不收。

不仅如此,张岱年担任主编、和别人合写的书,他的弟子按照他的思想和他一起写的文章,他也从不收入自己的文集。如此淡泊名利,令人起敬。

最后再来说张岱年与冯让兰之间的恩爱故事。

冯让兰出身国学世家,是哲学大师冯友兰的堂妹。张岱年当年曾同时被清华和北师大录取,后来因为他不习惯清华的军训生活,就转到北师大读书,正好和当时在北师大就读的冯让兰成为同班同学,巧的是他们俩正好又是同年出生的。

二人同龄,又同是北师大的学生。经冯友兰、张申府介绍,二人走进婚姻的殿堂。婚后,名校毕业的冯让兰悉心照顾张岱年。结婚七十余年,两人一直恩爱有加。

晚年时,有一次张岱年参加一个聚会。席间,有一道菜是红芋饼,味道很好。张岱年小心地夹起一块,用餐巾纸包了,放进上衣口袋里。学生问他为什么,他说:"带回家让你师母也尝尝。"

2004年4月24日,张岱年与世长辞。6天后,是他的追悼仪式。仪式结束后,家人回到家,发现冯让兰已悄然逝世。

同年生,同校读,同月去,生死相依。

张岱年(1909.5—2004.4.24),河北省献县人。中国现代哲学家。1933年毕业于北京师范大学,任教于清华大学哲学系,后任私立中国大学讲师、副教授,清华大学副教授、教授。1952年后,任北京大学哲学系教授、清华大学思想文化所所长、中国科学院哲学研究所兼职研究员。1980年后,任中国哲学史学会会长、名誉会长,中华孔子学会会长。著有《中国哲学大纲》《中国哲学发微》《中国伦理思想研究》《中国哲学概念范畴要论》《求真集》《玄儒评林》《文化与哲学》《真与善的探索》《思想·文化·道德》等。

本文参考来源:

1.《抗战时期的中国哲学家张岱年:将爱国之心转化为求真之志》(李存山,人民网,2015年8月13日)

2.《张岱年先生的学术方向》(李存山,《光明日报》,2004年5月11日)

3.《张岱年的中西哲学观及其"综合创新论"》(蒙培元,《北京大学学报[哲学社会科学版]》,2004年第5期)

4.《张岱年与二十世纪中国哲学》(方克立,《中国社会科学》,2005年第2期)

5.《张岱年全集》(张岱年,河北人民出版社,1996年)

肆　风流

陈岱孙：
一生只做一件事

清华最年轻的院长，一生只做一件事

陈岱孙系名门之后，出身于大名鼎鼎的福建"螺江陈氏"。陈家世代书香，"兄弟三进士，同榜双夺魁"。清朝最后一位帝师陈宝琛是陈岱孙的伯祖父。陈岱孙的外祖家也非常显赫，外祖父曾是李鸿章的英文秘书，两位舅舅曾任清政府驻外公使。无论父系还是母系，陈岱孙的家族皆堪称名门。

陈岱孙幼时入陈氏家塾，一边学习中华传统经典，一边学习西方语言。18 岁插班入清华学校。

结束在清华的学习后，陈岱孙获公费留美资格，就读于美国威斯康星大学,取得学士学位,并获美国大学生的最高奖——金钥匙奖。其后,他申请进入哈佛大学研究院学习。在哈佛,他的同班同学里有后来提出"垄断竞争""张伯伦革命"学说的张伯伦,有后来获诺贝尔经济学奖的奥林。与世界上优秀的学子一起,陈岱孙先是获文学硕士,后来又成为班里最年轻的哲学博士。

回国后,陈岱孙谢绝国民党政府的高官厚禄,到母校清华经济系任教。1928年起,陈岱孙开始担任清华大学经济系教授和系主任。第二年,29岁的陈岱孙又兼任法学院院长,成为同时期最年轻的院长。

迄今为止,陈岱孙是为清华工作服务年限最长、奉献最大的校友之一。他与冯友兰、叶企孙、顾毓琇、潘光旦、梅贻琦一起,使得清华由留美预备学校成长为一流高等学府。

清华大学校长梅贻琦评价道,"能像陈先生一样办事的,清华找不出第二人",说明陈岱孙学问之外的才干非常出色。陈岱孙不仅学问高、人品好、颜值高,行政能力、管理能力也是第一流,是那个年代罕有的兼具学问之才与干事之才的知识分子。

朱自清曾为陈岱孙写过一首七律,诗中"浊世翩翩迥不群"形容陈岱孙的气质风度,"胜流累叶旧知闻"说他出身于名门世家,"书林贯串东西国"讲他学贯东西,"武库供张前后军"则赞他有实干才能。

"经济者,经世济民也",是陈岱孙对"经济"概念的解读,沿用至今。

陈岱孙在西南联大教书期间留下很多佳话,被称为西南联大"最受欢迎、最优雅的教授"。他讲课有个习惯,一堂课没有一句废话,字字珠玑,一直到讲完最后一句话,恰好下课铃也响了。如果讲课结束,铃却没有响,那一定是敲铃的人出了问题。

在艰难的环境中,陈岱孙一直坚守着高洁的风骨。1949年,清华大学校长梅贻琦劝他去台湾,说:"这是飞台湾的最后一班飞机了。蒋先生请您一定动身,到台湾再办清华大学。"

他谢绝了。

后来,他被打为"资产阶级学术权威"。据说,工宣队、军宣队都为他的气度所震,没有对他直呼姓名,而是尊称他"陈先生"。

陈岱孙的一位学生被错划为右派,患上精神疾病,身陷绝境,很多人避而远之。但陈岱孙冒着风险救济这位学生,一帮就是八年。

陈岱孙从事经济学教育七十年,培养了一代又一代人才。他教书治学皆以正直为先,把自己一生的关注焦点凝聚在教书治学上。他学识渊博,教学水平高,素享盛誉,是一位杰出的道德、文章堪称楷模的经济学泰斗。他80多岁时还在讲台上讲课,90多岁时还能带研究生,95岁时还亲自主持博士生的毕业答辩。

陈岱孙95岁大寿时,朱镕基曾写贺寿信一封:"本已定于明日登门拜谒,敬贺寿辰,适因公即日离京,未克践约,怅何如之。先生年高德劭,学贯中西,授业育人,六十八如一日,一代宗师,堪称桃李满天下。我于一九四七年入清华,虽非入门弟子,而先生之风范文章,素所景仰。清华经济管理学院成立后,使得求教于先生之机缘,得益良多。今逢大寿,唯愿先生健康长寿,松柏常青,学生有幸,幸何如之。"

"这辈子只做了一件事——教书。"陈岱孙晚年曾这样总结自己的一生。也许除了兢兢业业地教学,他确实没做过别的事,更没有过那些荡气回肠、曲折离奇的风花雪月。

陈岱孙的这句话足以让世人景仰百年。

1997年7月27日,在生命的最后时刻,他恍惚中对护士说:"这里是清华大学。"

作为清华大学经济学的奠基人,陈岱孙是他们那一代学人中最后一个走的。和他的同代人一样,他的精神、风范、操守、才智,永远温暖着后人。

陈岱孙(1900.10.20—1997.7.27),福建闽侯人。著名经济学家、教育家。1918年考入清华;先后获美国威斯康星大学学士学位,哈佛大学文学硕士、哲学博士学位。曾任清华大学经济系教授、系主任,清华大学法学院院长,西南联合大学经济系教授、系主任及商学系主任,中央财经学院(现中央财经大学)第一副院长,北京大学教授、经济系主任等职。还历任北京大学校务委员会副主任委员、中国外国经济学说研究会理事长、中国金融学会常务理事、中国世界经济学会顾问、《经济科学》杂志主编、《中国大百科全书·经济学》编辑委员会副主任等。著有《从古典经济学派到马克思》等。

本文参考来源:

1.《往事偶记》(陈岱孙,商务印书馆,2016年5月)

2.《世纪同龄人——忆大舅陈岱孙》(唐斯复,清华大学党建网,2006年5月12日)

3.《岱岳常青——陈岱孙纪念文集》(刘昀、王曙光编,北京大学出版社,2012年4月)

4.《全国唯一的陈岱孙纪念馆明日在榕开馆》(翁宇民,《福州晚报》,2020年11月29日)

5.《无问西东,方得始终——最后的贵族陈岱孙》(许岚枫,《岁月满屋梁》,江苏凤凰文艺出版社,2018年3月)

6.《民国男神:著名经济学家陈岱孙》(刘晨,《记者观察》,2017年第9期)

陈岱孙从事经济学教育七十年，培养了一代又一代人才。他教书治学皆以正直为先，把自己一生的关注焦点凝聚在教书治学上。

陈岱孙 (1900—1997 年)

吴文藻大力提倡和推行社会学中国化的主张,源于他深切的爱国主义思想。生活于内忧外患的时代,吴文藻认识到,要想改变贫弱的现状,就要注入西方先进学术、文化这股血液。

吴文藻（1901—1985 年）

吴文藻：
"名师之师"

乍一提到"吴文藻"这三个字，估计不少人会一愣：他是谁？如果说他是冰心的丈夫，很多人会恍悟：原来是他！

生活在"国民奶奶"冰心的光环下，吴文藻的光芒被掩盖许多。其实，抛开冰心照耀在他头上的光环，吴文藻的名号有中国著名教育家、社会学家、人类学家、民族学家。除此之外，吴文藻还是中国社会学、人类学和民族学本土化、中国化的最早提倡者和积极实践者，是中国社会学奠基人之一和中国民族学奠基人，在中国社科领域举足轻重。

五四运动时，他参加了清华组织的游行；他和梁思成是同寝室的同学，他的同学还有潘光旦、顾毓琇等等；曾经和梁实秋在清华的毕业话剧上反串演美女；他入读一年哥伦比亚大学，就拿到了硕士学位；他在美国被称为"最近十年内最优秀的外国留学生";他的学生遍布世界各地,多成大业……

对于一生致力于社会学、民族学中国化和学科建设,教书育人的吴文藻,很多人可能不太了解。今天,就让我们来重温这位"一百年前的'00后'"的传奇人生。

"最近十年内最优秀的外国留学生"

1901年,辛丑之春,吴文藻出生于江苏江阴一个商人家庭。在镇上与人合开米店的父亲极其开明,在吴文藻5岁时,即让二女儿带着他到乡下的一所蒙学堂上学。后来,父亲又让吴文藻到江阴城里的礼延学堂读高小。吴文藻对学习很有兴趣,毕业时获得第一名,获"三优"奖。

吴文藻在江苏著名的南菁中学读了一年之后,当初高小的曹老师劝他投考北京的清华学堂,因为从清华毕业后可以官费留美。吴文藻听了老师的劝告,考入清华学堂,插班初中二年级。家族的亲戚帮他筹了旅费,并带他来到北京。在清华的头几年,吴文藻接受了美国式的教育,完成了由乡下孩子到具有新式思想的学生的转变。

五四期间,吴文藻曾经参加过示威游行。他接触到了新民主主义思想,深受孙中山、廖仲恺、梁启超、陈独秀等人影响,加上和梁启超之子梁思成是同寝室同学,所以,那一时期梁启超对他影响颇大。

五四运动以后的思潮,如爱国反帝思想、民主科学思想,都使吴文藻对社会政治思想及其理论产生了很大兴趣,也为他后来选择学习和研究社会学、民族学奠定了重要的基础。

1923年,吴文藻从清华毕业,赴美留学。在邮轮上,他结识了冰心。到达美国后,他在同学潘光旦的介绍下,插入达特茅斯学院读社会学系大三,接触到大量西方的社会政治思想史和理论。除了必修的基础理论课以外,他偏重学习西方社会政治思想史和与西方近代工业文明有关的社会经济制度方面的学说,还选修了别的系的一些课程,接触到了空想社会主义、马克思主义和费边社会主义等。

从达特茅斯学院毕业后,吴文藻升入哥伦比亚大学研究生院社会学系,开始了正式的专业学习和研究。他开始涉猎对他后来研究方向有重大影响的人类学专业,受教于美国历史学派创始人博厄斯、著名人类学家戈登威泽等名师。他如饥似渴地学习先进的社会科学和自然科学知识,先后学习了社会学、经济学、人类学、心理学、法学、历史学、统计学、人口学、逻辑学、伦理学、生物学、化学等知识。

吴文藻在哥伦比亚大学学习了一年之后,就拿到了硕士学位。1928年冬,在专业必修课笔试及格之后,博士论文答辩委员会一致通过了他的论文。次年夏,他拿到博士学位,并得到了哥伦比亚大学"最近十年内最优秀的外国留学生"奖状。

社会科学中国化的奠基人、中国学派的领军人物

吴文藻取道欧洲,经由苏联,于1929年返抵北京。因为当时冰心已经在燕京大学任教,在同学的介绍下,吴文藻也来到燕京大学,讲授"西洋社会思想史""家族社会学""人类学",同时在清华大学兼课。

吴文藻大力提倡和推行社会学中国化的主张,源于他深切的爱国主义思想。生活于内忧外患的时代,吴文藻认识到,要想改变贫弱的现状,就要注入西方先进学术、文化这股血液。

当时,国内虽然有不少大学开设了人类学、社会学和民族学等专业,但基本上是照搬西方的理论,甚至教材都是英文的。吴文藻运用所学,自编了中文教材,并随着研究的深入,不断地更新教材,在其中大量加入中国化的内容。如最早讲授"中国家族制度之演化""中国现阶段之各种家族形态""古代中西父权家族制之比较"等。

在教学和研究的过程中,吴文藻致力于社会学的中国化。他

一方面介绍西方的理论和方法,一方面结合中国的实际情况,开展实地调查研究。他摒弃了对西方理论的生搬硬套,建立自己的理论构架,带领学生开展中国化的社会学研究——"社区研究",提出改进中国社会结构的参考意见,不断探索中国社会学前行的方向。

吴文藻的实践慢慢为学界所认可,成为中国社会学、文化人类学教学的重要方法。

在培养人才方面,吴文藻日常以讨论班的形式上课,让学生以中国的社会问题为题,撰写专题讨论的文章,然后在班上进行宣读和交流,启发每个人学生内在的专长。

他还采取"请进来"和"派出去"的方法,加强学术交流:先后邀请英国功能学派创始人之一拉得克利夫·布朗等人来华讲学,帮助培养实地调查的研究生;派送研究生出国留学,培养了多个专业的骨干力量。

后来,吴门"四大弟子"费孝通、林耀华、黄迪、瞿同祖,在人类学、民族学、社会学等领域均为翘楚。

最早将吴文藻的研究称为"中国学派"的是费孝通在伦敦经济学院的导师马林诺斯基。这一学派,除了吴文藻本人外,还有林耀华、杨庆堃、杨懋春、费孝通等人,他们大多是吴文藻的弟子。

做人方正，身教重于言传

抗战结束后，吴文藻担任中国驻日代表团政治组组长并兼任盟国对日委员会中国代表顾问。他在工作之余，仔细研究日本社会，其成果为当时中国政府制定对日政策等提供了很大的帮助。

1951年，吴文藻利用耶鲁大学邀他去任教的机会，从日本借道香港，回到了新中国的怀抱。周恩来、邓颖超专门接见了吴文藻、冰心夫妇。

吴文藻先后任中央民族学院研究部"国内少数民族情况"教研室主任、历史系"民族志"教研室主任，主要从事教学和研究，并制定中国民族学的科研发展战略，"把包括汉族在内的整个中华民族作为中国民族学的研究，让民族学植根于中国土壤之中"。

1958年，吴文藻被错划为右派。他虽然做了大量的研究，但大多数成果不能发表，即使发表了，也不能署名。

即使身处逆境，吴文藻仍然保持着学者的风范和操守。在湖北沙洋干校劳动改造期间，他住在集体宿舍。虽然劳动繁重，他却乐于为大家服务，经常主动帮大家打开水。吴文藻做事严谨，非要把水瓶摆成一条线才心满意足。别人倒完水后随便放水瓶，他就一直看着，最后实在忍不住，还是自己走过去把水瓶放整齐。

后人评价他，做人方正，做事规矩，身教重于言传，由此可见一斑。

他给冰心父母写了封"论文体"的求婚信

吴文藻和冰心的爱情故事，一直为大家所津津乐道。

后人在回忆冰心、吴文藻的相识相爱时，一会儿说顾毓琇是媒人，一会儿说许地山是媒人。其实，在冰心的自述中，她从来没有承认谁是媒人。

1923年8月，在"杰克逊"号邮轮上，冰心寻找同学的弟弟——清华学生吴卓，结果阴差阳错找到了吴文藻。二人倚在船栏上看海闲谈。吴文藻给冰心列出了几本著名的英美评论家评论拜伦和雪莱的书，说："你如果不趁在国外的时间多看一些课外的书，那么这次到美国就算是白来了！"冰心回忆："他的这句话深深地刺痛了我！我从来还没有听见过这样的逆耳的忠言。"因为当时冰心已经出版了《繁星》等代表作。虽然吴文藻的话刺痛了她，但也在她心里种了一颗种子。

在美国，冰心一般用学校的明信片给朋友回信，唯独给吴文藻写了一封带有信封的信。两人你来我往，萌发情愫。后来，书呆子吴文藻送了冰心一支笔，顺便求婚。冰心表示自己没有意见,但要征得父母同意。

于是,吴文藻洋洋洒洒地写了一封"论文体"的求婚信:"家庭是社会的雏形,也是一切高尚思想的发育地和纯洁情感的婚姻养成所。"

1929年6月15日,吴文藻与冰心在燕京大学临湖轩举行婚礼。

晚年的吴文藻非常重视对年轻学人的培养,年逾八旬,仍坚持指导研究生。1985年,他拄着拐杖去参加学生的毕业论文答辩会。参加完最后一个学生的论文答辩会后没几天,他就倒下了,昏迷了几十天,再也没有醒过来。

"由于多年来我国的社会学和民族学未被承认,现在重建和创新工作还有许多要做。我虽年老体弱,但我仍有信心在有生之年为发展我国的社会学和民族学做出贡献。"他在自传里这样写道。

但留给这位老人的时间不多了。1985年9月24日,冰心接到儿子从医院打来的电话:"爹爹已于早上六时二十分逝世了!"

遵照他的遗嘱:不向遗体告别,不开追悼会,火葬后骨灰投海。存款三万元捐献给中央民族学院研究所,作为社会民族学研究生的助学金。

吴文藻是中国民族学、人类学专业的开创者、指路人之一,他的学术思想指引了中国民族学、人类学的发展方向。费孝通曾用"开风气,育人才"来评价恩师。"开风气",当然是指他学术上开"中国化"之先。"育人才",则是指他并未将成名成家当成自己最看重的追求,而是从学术长远发展的角度,为中国培养了大批国际知名的社会学家和人类学家。

后人评价道,一个老师一辈子能培养出一位名家已属不易,如果能培养出一批名家来那就更是难得了。"吴文藻先生就是这样一位难得的老师。他在有生之年培养了一批国内外知名的学者,这不仅在中国民族学、人类学和社会学界颇为罕见,在整个中国甚至世界教育界也颇为罕见。"其关门弟子王庆仁说。

吴文藻(1901.4.12—1985.9.24),江苏江阴人。中国当代著名社会学家、民族学家和教育家。中国社会学、人类学和民族学本土化、中国化的最早提倡者和积极实践者。早年在清华学校读书,曾参加五四运动。1923年赴美留学,获博士学位。先后任教于燕京大学、云南大学等。1941年任国民党政府国防最高委员会参事,专门研究边疆民族、宗教和教育问题。1946年,任中国驻日代表团政治组组长并兼任出席盟国对日委员会中国代表顾问。1951年回国,任中央民族学院教授、研究部"国内少数民族情况"教研室主任和历史系"民族志"教研室主任。1959年后从事编译工作。1979年被聘为中国社会学研究会顾问。1996年,中央民族大学设立吴文藻文化人类学奖学金。主要论著有《见于英国舆论与行动中的中国鸦片问题》《现代法国社会学》《德国系统社会学学派》《功能派社会人类学的由来与现状》《现代社区研究的意义和功用》《中国社区研究的西洋影响与国内近况》《战后西方民族学的变化》等。

本文参考来源:

1.《吴文藻传略》(林耀华、陈永龄、王庆仁,《民族教育研究》,1994年第2期)

2.《吴文藻对社会学中国化的贡献》(魏春洋,《长春师范学院学报》[人文社会科学版],2005年9月)

3.《开风气 育人才》(费孝通,《社区研究与社会发展》,天津人民出版社,1996年)

4.《我的老伴——吴文藻》(冰心,《民族教育研究》,1994年第2期)

5.《记父亲吴文藻》(吴冰,《湖南文史》,2002年第6期)

6.《忆先师吴文藻与师母谢冰心》(刘绪贻,《社会学家茶座》,山东人民出版社,2007年)

7.《吴文藻自传》(吴文藻,《江阴文史资料》,1987年8月)

吴组缃：
"清华四剑客"之一——风骨卓然，绝不苟且

中国社会剖析小说的代表人物、五四以来乡土方言小说第一人、左翼作家中最优秀的农村小说家、中国写皖南农村风俗场景第一人……这些名号看似很大，但放在吴组缃身上，实不为过。

安徽泾县茂林，山清水秀，为江南名镇。清光绪三十四年（1908），吴组缃出生在此处一秀才之家。其父曾做过袁世凯、倪嗣冲的文案，后来回乡办了两所小学。

吴组缃在私塾打下了厚实的国文底子之后，开明的父亲又让他接触了大量五四时期的作品。在省立五中读书期间，吴组缃担任了图书馆主任，主持编辑学生会文艺周刊《赭山》，并发表不少散文、杂记。

年少时的这些爱好，成了他的人生追求。

五四以来乡土方言小说第一人

吴组缃开始创作的时代,正值清末民初时局动荡、社会嬗变。新旧思潮的碰撞、传统与现代的交织,构成了一幅波谲云诡的画卷。大变局之下的众生相,为他提供了丰富的素材。他将笔触伸向了自己最熟悉的皖南乡村。

吴组缃早期的作品基本取材于家乡泾县,呈现鲜明的写实主义的特征。胡乔木评价吴组缃为"五四以来乡土方言小说第一人"。他涉猎文体颇多,包括新诗、古体诗、散文、文艺评论等,但成就最大的还是小说。著名文学评论家夏志清给予吴组缃高度的评价,认为他是"左翼作家中最优秀的农村小说家。"

1934年元旦,吴组缃的成名作《一千八百担》刊于郑振铎、靳以主编的《文学季刊》创刊号上。

小说以皖南一个家族的宗族集会为背景,通过鲜活的对话、生动的场景描述,形象地再现了阵痛期中国农村社会、经济、文化、宗族等领域濒临破产的惨状。小说发表后,很快流传开来,被誉为名篇。

茅盾评论称,这篇小说很有力地刻画出了崩坏中的封建社会的侧影,作者已经证明了"他是一位前途无限的大作家"。

除了《一千八百担》以外,吴组缃创作的《菉竹山房》《天下太平》《官官的补品》《樊家铺》《鸭嘴涝》等作品,均以鲜明的写实主义风格享誉文坛。

吴组缃的作品风格明显,语言朴素细致,行文结构严谨,特别擅长描摹人物的语言和心态,有着浓厚的地方特色,他因此被称为"中国写皖南农村风俗场景第一人"。

随着风格的逐渐成熟,吴组缃作品中的社会批判意识越来越鲜明,他将目光投向"整个时代与社会",成为中国社会剖析小说的代表人物之一。

中国社会剖析小说是以茅盾作品为代表的一类小说,是左翼文学公认的主流。吴组缃走上社会剖析小说创作之路,与他从深层观察皖南乡村、受左翼创作氛围熏陶、大学社科素养以及"导师"茅盾的引导有关。他集中精力表现当时社会的种种深层问题,在典型环境中挖掘人物的时代性格,生活气息浓郁,注重细节的呈现,且带有鲜明的理性色彩。

晚年的吴组缃将重心转向了古典文学,尤其是宋元明清小说的研究、教学。除了偶尔写写随笔,他基本上没有进行小说创作。但这丝毫不影响他作为现代最优秀的短篇小说家的荣耀。

夏志清评价道:"那些最优秀的作品,就是文学'良心'的明证,超越了社会改良主义者和政治宣传家的热情。"

作品之外,我们应该记住的还有他的风骨

吴组缃是1929年进入清华大学经济系学习的,但仅读了一年经系就转入中文系了,与钱钟书、吴晗、曹禺等同学。后来他与季羡林、林庚、李长之并称为"清华四剑客"。

几十年后,季羡林回忆说,四人无话不谈,全无遮挡,个个年轻气盛,都不示弱,都吹自己的文章写得好。

吴组缃在进入清华以前,已经在芜湖、上海等地发表多篇作品。

在清华大学时期,吴组缃更是如鱼得水,进入文学创作的高峰阶段,很快跻身一流作家行列,享誉文坛。

据《文献》杂志记载,吴组缃在清华研究院求学期间,选修"国宝级"的大师、一代狂人刘文典的《六朝文》,因成绩优异,每月有奖学金30元。当时吴组缃靠奖学金维持生计。在写论文时,吴组缃大骂骈文,刘文典顿时翻脸,给他打了79分,而当时满80分才能领取奖学金。一分之差,就要断了吴组缃一家的生计。师友

为之斡旋,刘文典终于松口,说只要吴组缃到他那里认个错,就可以改分数。吴组缃却拒绝认错,说:"这样的分数有什么意思!"不肯有一点苟且。

刘文典"是真名士自狂狷",但作为老乡、晚辈的吴组缃,似乎比他更为狂狷。

吴组缃离开清华后,经系主任朱自清介绍,赴南京谋职。1935年,吴组缃成了冯玉祥的国文老师。这一年,冯玉祥53岁,吴组缃27岁。

在长达十三年的师生交往中,冯玉祥极为敬重吴组缃的为人为文。吴每次上课,冯都到门口迎接,还亲自泡茶双手端给这位年轻的老师。吴组缃回忆道:"他(冯玉祥)做好作文,双手捧给我:'吴先生,请你给我改一改。'"

冯玉祥爱弹古筝。有一次,他边弹边自语:"打下来一只,又打下来一只。"吴组缃猜测他弹的应该是《平沙落雁》,是描写大雁安详降落沙滩的美景。冯将军理解错了,把降落变成射落,一只只打下大雁。吴组缃毫不留情地批评:"太煞风景了!"弄得冯玉祥很是尴尬。

吴组缃之子吴葆刚在《父亲杂忆》一文中回忆,吴组缃对事物有自己独到的分析和见解,"不可人云亦云"。他不仅对文学、历史、哲学、宗教这类社会科学问题如此,对一些自然科学问题也是这样。一次吴葆刚告诉他杂志上讲竹笋虽然好吃,但主要是纤维,并无营养。他立刻反驳道,熊猫只吃竹子,长得胖乎乎,怎能说没有营养?

又一次,吴葆刚告诉他,一篇文章说经过化学分析,人参并没有什么特别的东西,和胡萝卜差不多。他认为这种方法是错误的,"分析到元素这个层次,世界万事万物都是这几十种元素组成,哪里有区别?人参在千百年的实践中已证明它的功效"。

吴组缃性情耿直。他应某编辑之约写了一篇关于《三国演义》的文章,编辑将文章改写了几处,回寄给他。吴阅后说:"这已不是我的文章了,不要署我的名字。"但文章还是发表了,编辑寄来稿酬100元。在那个年代这可不是个小数目,吴如数退回,说:"我写的稿没有用,不能收这稿费。"

中国茅盾研究会副会长李岫的父亲曾和吴组缃前后任清华大学中文系的主任。据李岫回忆,"组缃伯伯"对中国新文学的奠基人和现代进步文化的先驱茅盾是十分尊敬的,尊为自己的导吴组缃的作品风格明显,语言朴素细致;行文结构严谨,特别擅长描摹人物的语言和心态,有着浓厚的地方特色,他因此被称为"中国写皖南农村风俗场景第一人"。

吴组缃 (1908—1994年)

师。"组缃伯伯"也得到茅盾的称道和赞许。在《老舍幽默文集》出版时,老舍夫人胡絜青一定要请吴组缃作序。

但欣赏归欣赏,在学术层面,吴组缃还是"不敢有一点苟且"。20世纪30年代,"导师"茅盾的《动摇》问世,吴组缃高度评价之后,指出书中"有几处简直不近人情……至少是写实艺术上的一大瑕疵"。要知道,那个时候,吴组缃是20多岁的小伙子,而茅盾已是"文坛巨匠"。

在茅盾任中华人民共和国第一任文化部部长后,吴组缃在文章里仍然批评了部长的《春蚕》,"看其所要表现的主题,他的生活显然不够,描写也有严重缺点","但这些情节和思想是否真实呢?我认为很不真实,甚至有点架空和无中生有"……

如果说以前的批评是出于初生牛犊的血气,那么这次的批评则体现了吴组缃的独立人格和自由精神,不为名人讳,不为领导讳。

弟子刘勇强敬吴组缃为智者:"吴先生非常敏锐,很有智慧,聊起天来,滔滔不绝、神采飞扬、妙语连珠。"

北大中文系教授孙玉石称他为勇者:"他从不会因人而变、因事而变、因时而变。他要一个导师应有的尊严。他尊重自己的尺度。"

吴组缃的墓碑上镌刻着两句铭语："竟解中华百年之恨，得蒙人民一世之恩。"

坚持己见，坦诚直率，永葆一颗赤子的纯真之心，不苟且，不人云亦云……吴先生这样的金石品质，为吾辈所敬仰。

吴组缃（1908.4.5—1994.1.11），原名吴祖襄，笔名吴组缃、野松、寄谷、木公、芜帝等。安徽泾县人。著名作家，与林庚、李长之、季羡林并称"清华四剑客"。幼读私塾，后入茂林育英小学高等班。中学阶段先后就读于宣城安徽省立八中、芜湖省立五中、南京新民中学、上海持志大学高中部。大学阶段先后就读于上海持志大学英文系、清华大学经济系、清华大学中文系。1933年升入清华研究院，专攻中国文学。先后任中央大学国文教师、四川省立教育学院教授、金陵女子文理学院教授、清华大学中文系主任、中华全国文艺界抗敌协会常务理事。1949年后，历任中华全国文学工作者协会全国委员会委员、民盟总部文教委员会委员、清华大学教授、《人民文学》主编、中国人民赴朝慰问团北京分团副团长、北京大学教授、中国作协书记处书记、北京市文联副主席、《红楼梦》研究会会长、北京市教育工会执委会常委兼组织部部长、中国散文学会会长及中国作协第四届理事、顾问。晚年潜心于古典文学尤其是宋元明清小说的研究。1981年赴美讲学，出现"吴组缃热"。代表作品有《菉竹山房》《一千八百担》《天下太平》《樊家铺》《鸭嘴涝》等，被翻译成英、俄、日等多国语言出版。作品结集有《西柳集》《饭余集》《说稗集》《宿草集》《拾荒集》《苑外集》《吴组缃小说散文集》《吴组缃文选》《吴组缃全集》等。

本文参考来源：

1.《吴组缃全集》(吴组缃，安徽文艺出版社，2020年)

2.《〈吴组缃全集〉出版之际忆恩师》(吴泰昌，《文艺报》，2021年2月14日)

3.《京派文人的左翼"风骨"——论20世纪30年代吴组缃创作的双重风格》(张毅，《河南广播电视大学学报》，2008年第2期)

4.《〈吴组缃全集〉出版的意义》(方铭，《安徽大学报》，2021年10月31日)

5.《吴组缃生平年表》(方锡德，《新文学史料》，1995年第1期)

6.《吴组缃小说的叙述艺术》(张丽华，《杭州师范大学学

报》,2010 年第 4 期)

7.《重新读解吴组缃》(邓星明,《江西社会科学》,2002 年第 12 期)

沈有鼎：
"半个疯子"，有个理论以他命名

1926年，31岁的金岳霖从英美兜了一圈，学究天人，终成博士。于是他打道回国，创立清华学校哲学系。

彼时，哲学系的教师只有一人，即金岳霖。学生也只有一人，名沈有鼎，年方十八。于是沈有鼎也就成了清华哲学专业第一位毕业生。

这事的来龙去脉，在1949年《人物杂志》第4卷第1期《士大夫点将录》栏目里有较为详细的记载。此文题为《哲学家沈有鼎像赞》，署名"尚土"。从行文来看，作者应该是沈有鼎在清华、西南联大时的同事。

文中写道，二十多年前，清华大学并没有哲学系，那时逻辑大家金岳霖博士还是教政治学的。有一天金博士从一个教室外边过,听见一个学生在给大家讲哲学问题,就驻足顺便听听,越听越觉得讲得很不错,后来又知道那位学生很爱读哲学方面的书籍,于是便商讨成立哲学系。哲学系就这样开台,一个先生,一个学生。这个学生就是现在清华大名鼎鼎的沈有鼎教授。

沈有鼎,国际逻辑学"沈有鼎悖论"的建立者。

差点被开除的清华学生

1908年,沈有鼎出生于上海的一个书香门第。其父沈恩孚,清末举人,中国近现代著名教育家、社会活动家,艺术造诣颇深。

辛亥革命时,沈恩孚担任江苏省民政次长和省公署秘书长。后专门从事文化教育活动,发起筹建中华职业教育社、南京河海工程专科学校、鸿英图书馆。沈恩孚还担任过同济大学的第四任校长,是同济历史上首位华人校长。

生而优渥,无须为生计牵挂,沈有鼎沉心于诗书,古今中外均有涉猎。早在中学时,他就对逻辑学有过独立的思考,对《易经》的哲学价值也很有体会。

对于普通人来说,十七八岁,成年了,生活应该可以自理,但沈有鼎不一样。进入清华后，每届开学，家里都要派人把他送到北京。每届放假，家里又派人来接他回家。否则，捆行李、买车票、住旅馆这些琐事，他一概搞不来。

1928年，时年31岁的罗家伦得到蔡元培等的提名，出任清华大学校长。这位血气方刚的校长强调"尚武"精神，强推军训，要求学生每天早上6点钟就要起床做早操。很多学生坚持不了，缺席者众。于是，罗校长出了个狠招：凡早操无故缺席者，记小过一次。三次小过累积为一次大过，三次大过就开除！

对天生不羁的沈有鼎来说，这可是个十分"讨厌"的约束。随性的他经常不上早操，亦不请假。一段时间下来，竟被记了八次小过。如果再有一次小过，就要卷铺盖回家了。

恰在这时，因为反对声大——另一位后来的哲学大师张岱年就因不堪军训之苦转投北师大——早操被取消了，沈有鼎躲过一劫，得以保留学籍，继续在清华攻读。

"生活在真空管里"的"二十世纪的一大奇迹"

沈有鼎从清华毕业后，学校送他到美国深造数年，后他又自美转赴德国学习两年。在海德堡大学和弗赖堡大学，他受教于杰浦斯和海德格尔等。1934年,26岁的沈有鼎回了国,成为母校清华的一名年轻教授。

七七事变爆发后,沈有鼎随校南迁。在西南联大任教期间,他和钱穆等人同室。

沈有鼎在衣服穿着上,尤其令人觉得有"永恒性"。往往三个月昼夜不脱鞋。新做的大褂穿上,一直到破烂不堪脱掉丢了为止,中间连一水都不洗。他的表兄是大名鼎鼎的潘光旦,无法忍受。逮着他去潘家的机会,潘光旦即命人强将他衣服剥下来,洗好再给他穿上。

在校园里,人们常常可以看到,沈有鼎褪色的红蓝大衫的背上张着一尺多长的裂口,破烂不堪。由于爱思考的关系,他两眼总是向下看,这样便招致了警察的注意。有一次,他竟以小偷的嫌疑而被抓了,最后还是同校一位教授拿学校的公函才把他保释出来。

昆明的雨季,刚才还是阳光普照,转瞬就是倾盆大雨。最令人肃然起敬、感到望尘莫及的是,任雨下得多么大,沈有鼎从来不乱脚步,仍然探着脑袋,袖着双手,踱着方步,仿佛在为芸芸众生苦思着形而上的大问题。

他从来不看报,当前的世界如何在变化,他毫无所知。

洋洋洒洒数千字的《哲学家沈有鼎像赞》的末尾写道:"沈教授像生活在真空管里一样,与外界绝缘,这不能不说是二十世纪的一大奇迹。然而这奇迹并不是凭空来的,而是有它的特定的社会基础:出身于坐享其成的士大夫的大家庭,又受着与现实生活脱节的麻醉教育,而玄奥的经院哲学又给他一个自我的精神世界。"

"现代新儒家"贺麟曾在一本书里给了沈有鼎这样的概括:"囚首丧面,破衣敝屣。"

著名西洋史专家蔡维藩入职西南联大历史系,第一天坐黄包车上班。突然,一个头发蓬乱、衣冠不整的男子冲出来,挥舞着木杖,拦住他喊道:"停!你是谁?"蔡连忙回答:"我叫蔡维藩,是联大新来的教授。""这就对了。"这个人二话没说就走开了。蔡把这次遭遇告诉一位朋友,朋友耸耸肩说:"哦,别理他。他是沈有鼎,半个疯子。"

"半个疯子"的"美誉"就这样在西南联大不胫而走。

对这些,沈有鼎怎么想,我们不得而知。是不是"别人笑我太疯癫,我笑他人看不穿"?或许,连"笑他人"这个举动,他都没有兴趣。

体亮心达者,越名教而任自然。

旁听其他教授讲课,是沈有鼎的一大癖好。不仅是文史哲,连微积分课他都去听。他不仅旁听,还经常插话,甚至在课堂上直指"你讲错了",令气氛尴尬。

沈有鼎还有一个嗜好——吃。据说在20世纪60年代以前的岁月里,他几乎没有在自己家里吃过饭。他经常拎上装着钱和书的箱子,到茶馆和饭馆里,一坐就是一天,从早吃到晚。有时,他还会喊上学生来茶馆讨论哲学问题,边吃边谈。碰上他喜欢的学生,随便吃,没事。如有他看不上的学生也想吃,他就紧紧护住碟子,"就不给你吃"!

恩师金岳霖深知沈有鼎性情乖僻,时常对他做些提醒。但他并不领情,更不领悟。

金岳霖的另一位学生、哲学家殷海光曾撰文回忆,有一次,逻辑研究会聚会,有人提起20世纪最伟大的逻辑学家之一哥德尔。金岳霖说要买哥德尔的一本书看看。这时,沈有鼎说:"老实说,你看不懂的。"气氛顿时尴尬。金岳霖听了,先是"哦哦"了两声,然后说:"那就算了。"

顶撞、冒犯师长,当众让恩师下不了台,在中国的传统礼节中,一般是不允许的。但这次学生做了,恩师允了,这一幕让殷海光颇受震动,真的是一个狂狷无所忌,一个大度有雅量。

皆是真名士,自风流。

哲学家苏天辅回忆,他在清华求学时,有一次沈有鼎带他去颐和园拜访梁漱溟。"既至,经通报,至客厅,梁出,与沈先生寒暄,沈先生把我介绍给梁,于是就座,上茶。我本欲听沈、梁二先生讨论中国文化问题,但大家都静坐,真正的静坐,一动不动,无言。约过了二十分钟,沈先生起,告辞,梁送出,会见完毕。此事颇有魏晋之风。"

一般人看不懂的"沈氏悖论"

博学,是沈有鼎身上的一个最重要的标签。他兼修文理、学贯古今、融汇中西,精通英、德、法、俄,以及拉丁、希腊等多种语言,在哲学、逻辑学、数学、语言学、古文字学、历史学、佛学和因明学等多个领域,皆有建树。

甚至对占卜,他都有很深的研究。在西南联大期间,他的占卜术名满校园,成为一景。闻一多曾赋诗一首:"惟有哲学最诡恢,金公眼罩郑公杯。吟诗马二评红袖,占卜冗三用纸枚。"最后一句,即指沈有鼎占卜事。

回到他的学术成就上,广为人知的是"沈有鼎悖论"。

沈有鼎是中国早期少数几位数理逻辑学家之一。他对经典命题逻辑、直觉主义命题逻辑、相干命题逻辑、模态命题逻辑等都有深入的研究。他在数理逻辑领域里的主要贡献是建立了两个新的逻辑演算系统,构成了两个悖论。

1953 年、1955 年,沈有鼎先后在国际著名刊物《符号逻辑杂志》上发表《所有有根类的悖论》《两个语义悖论》,轰动一时,《符号逻辑杂志》和《斯坦福哲学百科全书》对这些悖论均有评论。

众多国际逻辑文献,如杜米特留的《逻辑史》把"所有有根类的类的悖论"称为"沈有鼎悖论",中文文献则称它为"沈氏悖论"。

"沈有鼎悖论"在数理逻辑发展史上具有十分重要的地位。这些悖论深刻地揭示了直观集合论的缺陷,推进了对集合论悖论和语义悖论的研究,深化了人们对公理集合论特别是正则公理和分离公理的认识,加强了人们对哥德尔不完全性定理特别是不可判定命题的理解,丰富了数理逻辑的内容。沈有鼎对数理逻辑的发展做出了不可磨灭的贡献。

悖论的内容,非一般人可以理解。但能够在某个学科,以自己的名字命名一种理论,可见沈有鼎在国际上的至尊地位。

沈有鼎兼修文理、融汇中西,"沈有鼎悖论"证明了他在"西"上的成就,而他对《墨经》的研究,则证明了他在"中"上的成就。

他对《墨经》诂解,超出了前人,揭示了中国古人对自相矛盾命题的独特悟性,对关系命题的本质的深刻理解。他所著的《墨经的逻辑学》是中国逻辑史上的一部重要著作,把中国学者对《墨经》逻辑的研究提高到了一个新的高度。

沈有鼎一篇关于周易的论文,堪称经典:1935年,他在《宇宙》(香港)上发表《周易卦序分析》一文,后被《哲学评论》转发,全文加上标点符号、作者署名,才180多字。就是这180多字,被北洋政府国务总理胡惟德之子、中国著名数理逻辑学家胡世华评为:"这是关于周易卦序的真正科学研究。"

就是这样一位神一般存在的奇才、怪才,很多人可能想不到,他会和"诗"这样浪漫的文体有联系。笔者检索一些民国的报刊,发现沈有鼎并非不解风情,他还曾写诗多首。兹录一首,可见其思想之一斑:

堕落

再会,圣洁的芳园!
再会,烂漫的童心!
听,远处,四方,上下,
恶魔齐奏着凯旋!

前进,莫再迟延!坠
万丈的深坑,不悔!
历永劫犹自无恨,
情愿不翻身!莫再

迟延,前进!绝不怕
惨烈的创痛,谴罚!
神灵于我都无威:
来,黑暗是我家的!

此文发表在1936年《文学导报》第一卷第一期。

从语言风格来看,亦是铁骨铮铮一热血汉子!

沈有鼎(1908.11—1989.3.20),出生于上海,祖籍江苏吴县

（今苏州市吴中区和相城区）。中国当代著名逻辑学家、哲学家、墨学专家，中国逻辑学领域的开拓者、先行者与天才人物，墨家逻辑研究的集大成者。清华大学哲学专业第一位毕业生，哈佛大学硕士，曾在德国海德堡大学和弗赖堡大学深造。回国后历任清华大学、西南联合大学、北京大学教授，中国社会科学院哲学研究所研究员。著有《墨经的逻辑学》《有集类的类悖论》《两个语义悖论》《沈有鼎集》《沈有鼎文集》等。

本文参考来源：

1.《沈有鼎文集》（沈有鼎，人民出版社，1992年）

2.《论沈有鼎》（杨向奎，《文史哲》，1989年第6期）

3.《文化人的良知和希望——由沈有鼎、李法非二位先生所想到的》（刘小凯，《新文化报》，1995年4月25日）

4.《哲学家沈有鼎像赞》（尚土，《人物》，1949年第4卷）

5.《忆逻辑学家沈有鼎先生》（钱耕森，《江淮文史》，2001年第2期）

6.《伟大而可爱的人——纪念沈有鼎先生诞生100周年》（刘培育，《重庆工学院学报》，2009年第4期）

7.《战争与革命中的西南联大》（易社强，九州出版社，2012

年3月)

8.《金岳霖与他的"怪"弟子》(赖晨,《团结报》,2015年3月10日)

沈有鼎兼修文理、融汇中西，『沈有鼎悖论』证明了他在『西』上的成就，而他对《墨经》的研究，则证明了他在『中』上的成就。

沈有鼎（1908—1989 年）

王芸生虽然没有受到过专门的新闻科班训练，但其敏锐的洞察力、强烈的责任感、丰富的实践力，让他很快成为报业的一面大纛。

王芸生 (1901—1980 年)

王芸生：
被毛泽东称为"大公王"，一不投降，二不受辱

1927年3月24日，"南京事件"发生，有外国人死伤。英美军舰以此为借口，炮轰南京，中国军民死伤者众。国民革命军江右军官兵奋起抵抗。

尚不满26岁的王德鹏，在天津《华北新闻》撰写了一篇评论，抗议英美暴行，声援江右军将士的正义行动。

就在此时，已名满天下的《大公报》总编辑张季鸾撰写《躬自厚》一文，称"东方道德所以为人类交际之规范者殊多，其中一义曰：'躬自厚而薄责于人。'人与人如是，社会和平矣。国与国如是，世界和平矣。今之中外关系亦然。如其咎在我者，我应自责之，所谓躬自厚也。"主张先追究打伤外侨的责任。

对此，王德鹏不能苟同，写就一篇《中国国民革命之根本观》，对张季鸾的观点进行反驳："被侵略者对侵略者无所谓'躬自厚'

的问题。中国国民革命的根本任务,不仅对内要打倒军阀,对外还要取消一切不平等条约,把帝国主义特权铲除净尽。"

张季鸾得知这篇评论的作者是位20多岁的小伙子,心有戚戚焉,暗生赞许之意,停止了论战。

两年后,赋闲在家的王德鹏——此时他已经改名王芸生,给张季鸾写了一封自荐信。张季鸾很快邀请他加盟《大公报》。

由此,开始了王芸生与《大公报》"盖一而二,二而一者也"的一生情缘。

这段往事,堪比管鲍、伯牙子期之交。王芸生牛犊初生,无所忌惮。张季鸾气度宽宏,不计前嫌,雅量高远。王芸生曾说:"我不但钦佩张先生的文笔,更钦佩张先生处事的雅量。"

张季鸾去世后,王芸生撰文:"我与季鸾先生相识十四年,同事十二年,高攀些说,可算得'平生风仪兼师友',但我自忖,还不够给季鸾先生写评传的资格,因为我所认识的季鸾先生还仅仅是他人格与事业的一部分。"

从茶叶店学徒到报社总编辑

1901年秋,王芸生出生在天津南运河岸的一个贫苦人家。父母举债供他读了四年私塾,后难以为继,只得把他送到一家茶叶店当学徒。

13岁的王芸生在看店时,阅读到一份《天津白话午报》,第一次接触到了"报纸"这个载体。

清末民初的报刊,对于贫寒而倔强的少年来说,无疑是一扇窗,开启了心智,打开了通往外面世界的通道。

从报刊上,王芸生接触到了诸多新鲜事物、新兴思潮。特别是五四运动前后,陈独秀、李大钊、胡适、鲁迅等人的文章,如一颗颗青色的炸弹,为他炸开了一个新世界。

"我是五四时代的青年。五四开始启迪了我的爱国心,五四使我接触了新文化,五四给我的恩惠是深厚的……五四在我的心灵上的影响是终身不可磨灭的。"王芸生后来回忆,"五四运动给我打下一个做人的基础。"

读报、学习,让王芸生的眼界开阔起来。年轻人的心里,渐渐起了波澜,他要改变自己的命运!

当学徒工时一个月只有几块钱薪水,但他竟然大着胆子借了40元,报名参加商务印书馆的英语函授学习。

天资聪颖,加上后天刻苦,不久,王芸生的英文水平就达到能阅读英文报刊的水平了。后来,他又学会了英文打字。

王芸生在去帮工的途中,看到路边报栏里有《益世报》,十分喜爱,常常驻足阅读,甚至还把一些好文章剪下来,认真学习、揣摩。

时间长了,他萌生了自己写文章的念头。在新年到来之际,他打磨出了自己的处女作《新新年致旧新年书》,暗讽时任北洋政府总统徐世昌、总理段祺瑞,可谓是初生牛犊不怕虎。

没想到,几天后,《益世报》在副刊《益智粽》上全文刊登,并且还是版面头条。

平生第一篇稿子就是批评大总统、政府总理,王芸生为今后的为人、为文定下了铁骨铮铮的人生基调。

1925年,王芸生加入天津的洋务华员工会,被推选为宣传部部长。后来,工会出版周刊《民力报》,王芸生担任主编。鱼入大海,他的抱负和才华得以施展。

1926年3月,因时局动荡,王芸生被当局通缉,被迫从天津转到上海。在一个亭子间,他结识了办报的秦邦宪,与几名共产党员一起办了《亦是》《猛进》《和平日报》等报刊。

在上海滩闯荡两年后,1928年,王芸生回到天津,出任《商报》总编辑。此时,他尚不满27岁。

他启用了笔名"芸生","芸芸众生"之谓,意即为普通民众代言,体现了他"报纸最高目标是能代表国民说话"的理念。

唯有这三个字：不投降

1929年,因与《商报》老板观点分歧,王芸生辞职回家。但割舍不下新闻情节,便下了决心,给曾和自己打过笔仗的《大公报》总编辑张季鸾写了封自荐信。

没想到,张季鸾很快登门回访,将王芸生接至报社,任地方新闻编辑、《国闻周报》编辑。

于是,从28岁到65岁,王芸生开始了长达三十七年之久的《大公报》生涯。

"九一八"事变爆发后,民族存亡关头,张季鸾召开编辑会议修订编辑方针为"明耻教战",由王芸生主持《六十年来中国与日本》栏目,介绍对日屈辱史,以唤醒民众奋起反抗。

胸怀激愤、重任在肩的王芸生开始了长达数月的调研工作。他奔赴北平各图书馆,深入搜集资料,访问专家名家,做了充分的准备。

1932年1月11日,《大公报》正式推出《六十年来中国与日本》专栏,每日登载一篇,两年半时间,无一日中断。

每日文前,必冠"前事不忘,后事之师！国耻认明,国难可救"字样。

这些文章,激起了国民的民族自尊心,众多仁人志士引以为知己。一时间洛阳纸贵,王芸生很快声名鹊起。

1934年,《大公报》出版了七卷本巨著《六十年来中国与日本》,立即轰动全国。后来,蒋介石特邀王芸生上庐山,讲解"三国干涉还辽"。

1936年4月,《大公报》(上海版)创刊,张季鸾、王芸生来到上海。此时的王芸生"已不是一个一般的报人,而是兼着报人和日本问题研究专家的双重身份",为报馆所倚重,成为《大公报》(上海版)的总编辑。其研究问题之深入、分析之剀切、影响力之大,名冠一时。

淞沪会战后,日军占领上海。一贯宣传抗日的《大公报》,成了日军的眼中钉,要求报纸出版前必须送检。

王芸生断然拒绝,于限期前一天停刊。在停刊号上,他撰写社评《不投降论》《暂别上海读者》:"我们是报人,生平深怀文章报国之志……到今天,我们所能自勉,兼为同胞勉者,惟有这三个字——不投降。"

1938年12月,《大公报》重庆版创刊,因张季鸾生病,实际工作由王芸生主持。张季鸾于病情危重之际构思筹划,王芸生执笔,合作写成《我们在割稻子》,成为名作,传诵一时,极大鼓舞了抗战军民士气。张季鸾去世后,王芸生继任《大公报》总编辑,成为言论的主要撰稿人和评论委员会主任委员。

在中国近现代报业史上,"文人论政"是一抹最大的亮色。

《大公报》尤甚。

承继了张季鸾的衣钵后,王芸生立足于民族大义,把《大公报》评议国事、引导舆论等"论政"功能推向了又一个巅峰。

努力做一个有灵魂的新闻记者

《大公报》与王芸生,是相互滋养、相互成就的一种良性成长。业界形容:《大公报》成就了王芸生,王芸生成就了《大公报》。《大公报》为王芸生提供了施展抱负的平台,王芸生则用自己的理念、主张和行动,为《大公报》打上了鲜明的个人烙印,让《大公报》实现了新的飞跃。

王芸生虽然没有受到过专门的新闻科班训练,但其敏锐的洞察力、强烈的责任感、丰富的实践力,让他很快成为报业的一面大纛。他的众多观点、理念引领一时:

"中国新闻界应该把他的报做成中国人的报,一切以国家利益为前提,不当汉奸,不采妨害国家利益的新闻。"

"新闻记者必须要为人民代言,敢于说真话,不怕杀头。抓到刑场,揪住小辫儿,钢刀一举,咔嚓一声的时候,小子,你要一声不吭,咬紧牙关顶得住,才算得是一条好汉,一个好记者!"

"一个能克尽厥职的新闻记者,他须具备几种异乎常人的条件:他须有坚贞的人格,强劲的毅力,丰富的学识;对于人类,对于国家,对于自己的职业,要有热情,要有烈爱,然后以明敏的头脑,热烈的心肠,冰霜的操守,发为'威武不能屈,富贵不能淫'的勇士精神,兢兢业业地为人类为国家,尽职服务。"

"真实地记出你所见到的事,勇敢地说出你心里的话,可以无愧为一个新闻记者了。敢说,敢做,敢担当,是自由人的风度;敢记,敢言,敢负责,是自由报人的作风。"

"要努力做一个有灵魂的新闻记者!"

……

这些,是王芸生给自己立的铮铮誓言,更成为后世报人的标杆。

"安心来过一个新闻记者的生活"的王芸生,曾经这样概括自己的立场:"我作为一份民间报纸的发言人,要保持自己独立的人格,我才有独立的发言权,我才有资格说真话,对国民党才能嬉笑怒骂。"

新闻专业主义、文人论政的思想、职业报人的理念……王芸生以自己的独特价值,让《大公报》受到国共两党领导的重视。

抗战期间,由于蒋介石每日必读《大公报》,很多官员就很想在报纸上亮相。不少官员带着红包登门拜访,都被王芸生拒之门外。甚至戴笠派人送来重礼,也遭到他的拒绝,"被扔出门外"。

国共重庆谈判期间,毛泽东虽然公务繁忙,仍然抽出时间四次与王芸生会面。

第一次是在9月1日的鸡尾酒会上,毛泽东见到王芸生,连说:"久闻大名,如雷贯耳,希望你们新闻界的朋友多为和平宣传。"第二次是9月5日下午,在中共办事处,毛泽东接见了王芸生等三人,谈话三小时,肯定了《大公报》具有爱国情怀、在动员全国人民抗日宣传上起了大作用等。谈话后,留吃晚饭,作陪的有周恩来、王若飞、董必武等。9月20日,毛泽东再次邀请王芸生,又进行了长时间谈话。

后来,大公报馆回请毛泽东和中共代表团。宴会后,毛泽东为《大公报》题写了"为人民服务"五个大字。

1948年底,响应中国共产党的号召,王芸生受毛泽东邀请,"投奔解放区、参加新政协",随解放军进驻上海。后来,他又辗转来到北平,参加中华全国新闻工作者协会筹备会。作为全国新闻工作者的代表,出席了在中南海举行的中国人民政治协商会议第一届全体会议。

1949年10月1日,王芸生登上天安门城楼参加开国大典,见证了新中国的诞生。

1952年，王芸生应邀谒见毛泽东。毛泽东指示上海《大公报》北迁天津与《进步日报》合并，仍叫《大公报》，先在天津出版，待北京馆建成后迁京出版。毛泽东还风趣地说："'大公王'，恭喜你恢复失地了啊。"

后来，《大公报》迁至北京出版，中共中央文件明确"《大公报》是党在财经工作方面的公开报纸"，成为全国性的财经党报，同时兼顾国际宣传。王芸生担任报社社长。

1957年，王芸生由于得到毛泽东的保护，没有被划为右派。

1966年"文革"爆发，北京《大公报》停刊。

1980年5月30日，王芸生病逝，享年79岁。

这位"彻头彻尾的新闻人"，和他在纸上燃烧的火，一起成为历史记忆，任人评说。

王芸生（1901.9.26—1980.5.30），天津人，无党派爱国民主人士，中国卓越的新闻工作者。早年家贫，曾在天津当学徒，自学成才。先后与共产党人主办《亦是》《猛进》《和平日报》等。曾任天津《商报》总编辑、《大公报》总编辑。有《六十年来中国与日本》《芸生文存》等著作问世。新中国成立后，曾任中华全国新闻工作者协会副主席、中日友好协会副会长。王芸生是20世纪中国最有影响力的报人之一。

本文参考来源：

1.《一代报人王芸生》(王芝琛,长江文艺出版社,2004年9月)

2.《王芸生》(周雨,人民日报出版社,1996年1月)

3.《一代卓越的爱国报人——我所了解的王芸生先生》(张颂甲,《金融时报》,2012年6月1日、8日)

4.《王芸生：彻头彻尾的新闻人》(徐百柯,《中国青年报》,2004年8月11日)

5.《"大公王"率部千里归故乡》(井振武,《天津政协》,2013年7期)

6.《王芸生与张季鸾：平生风义兼师友》(祁文斌,《文史博览》,2020年第8期)

7.《王芸生的新闻思想》(吴兰兰、郭栋,《青年记者》,2007年第22期)

梁宗岱：
不仅是"中国的拜伦"这么简单

强烈而突出的个性，是梁宗岱鲜明的标签。20世纪30年代，北大教授温源宁在《一知半解》一书中，这样写道："万一有人因为某种原因灰心失望，他应该看看宗岱那双眼中的火焰和宗岱那湿润的双唇的热情颤动，来唤醒他'五感'世界应有的兴趣；因为我整个一辈子也没见过宗岱那样的人，那么朝气蓬蓬、生气勃勃，对这个色、声、香、味、触的荣华世界那么充满激情。"

16岁的"南国诗人"

在千百年来的乡土中国，有两类人被尊称为"先生"，一是私塾官学的老师，一是悬壶济世的中医。前者是开蒙启智，后者是纾病解痛，威望都是极高的。

而这两者,都在梁宗岱身上得到了体现。

梁宗岱祖籍广东新会。1903年,梁宗岱出生于广西百色一个小康之家。其父梁奕爔,好读书,经商并行医。幼时,梁宗岱就跟随父亲读"四书五经"。八九岁时,他便能翻阅医书,对制药看病颇有兴趣。

在广西读了一年小学后,梁宗岱回到广东老家,先在新会大泽读中学,后入广州培正中学。

培正中学是教会学校,用英文授课。从乡间出来的梁宗岱,凭着天赋异禀和勤奋刻苦,很快补习了语言,跟上了老师的节奏。

学校图书馆,成了他的精神粮仓。除了日常学习外,梁宗岱还接触到各种新潮图书,开阔了眼界,渐渐完成了思想转型。五四运动期间,他积极上街,参加游行,还主编了校刊《培正学校》和《学生周报》。

还是中学生的梁宗岱,常到附近的岭南大学,与在校大学生交流读书心得,开始涉猎文学创作。

梁宗岱用中英双语写下的多篇作品,在学校屡屡获奖。有的还发表在影响力极大的《广东群报》《越华报》等报刊上。

16岁的少年梁宗岱,崭露头角,被文学界誉为"南国诗人",俨然成了广州的一面"文学旗帜"。

媒体也开始注意到这位新星,各路记者纷纷上门。有一天,梁宗岱正在家写作,突然来了一位陌生人,便问他找谁。来人自称是记者,看他小小年纪,于是说道:"我来找你父亲梁宗岱!"梁宗岱按捺不住想笑,对那位记者说:"我就是梁宗岱!"记者瞠目结舌,没想到"南国诗人"这么年轻。

1921年冬,梁宗岱受郑振铎、茅盾的邀请,加入新文学运动中成立最早、影响和贡献最大的文学社团之一的文学研究会,成为第一个加入文学研究会的广州会员。1923年夏天,梁宗岱与同学好友发起成立"广州文学研究会"。他先后在《小说月报》《诗》《絮语》《光流》上发表诗作和文章,其中诗歌就有70多首。

青少年时期所受东西方文化的浸润、陶冶,为梁宗岱日后成为著名的诗人、学者、翻译家打下了底子。

莎士比亚十四行诗的最佳翻译

1923年秋,梁宗岱被保送到岭南大学,习文科。但他只读了一年,就兴味索然,便随着出国留学的大潮,远赴欧洲。

瑞士日内瓦大学、法国巴黎大学、德国柏林大学、德国海德堡大学……梁宗岱游学于欧洲各大名校,熟练掌握了法、德、意等多种语言,并能够游刃有余地用外语写作、表达思想。

在巴黎大学求学期间,经同学引荐,梁宗岱结识了象征派诗歌大师、"20世纪法国最伟大的诗人"保尔·瓦雷里。相差30多岁的两人,迅速成为莫逆之交。

"一天早晨他来到我家,年纪轻轻,风度翩翩,操一口很清晰的法语……满腔热忱地跟我谈诗。"瓦雷里曾这么评价梁宗岱。

梁宗岱与瓦雷里时常在一起散步,聊人生,聊创作,相谈甚欢。瓦雷里详细讲解自己的代表长诗《水仙辞》的意境。不久,梁宗岱将这首诗译成中文,寄回国内《小说月报》刊载,后来中华书局又出版了单行本。由此,中国读者第一次认识了瓦雷里。

著名法国文学研究家罗大冈教授说,他是看了这部翻译作品,才决定选择法语作为自己的研究方向的。

梁宗岱的诗歌创作,在这一时期,也进入了丰收期,先后在《欧洲》《欧洲评论》等刊物上发表法语诗作,受到广泛关注。

同时,梁宗岱还努力将中国陶渊明、王维等人的古典诗歌译介给欧洲读者。

据他自己说,翻译陶渊明不过是寒假里无聊时的游戏之作。不料,他却成了"第一个向欧洲文化中心法国译介了我国晋代诗人陶渊明的诗作"的人。他尝试将译稿寄给《约翰·克利斯朵夫》的作者罗曼·罗兰,立刻收到了热情洋溢的回信:"你翻译的陶诗使我神往,不独由于你稀有的法文智识,并且由于这些歌的单纯动人的美。"

当时,经常有留法的外国学生给大文豪罗曼·罗兰写信,表达崇敬之情,但他很少回信。

不过,他对梁宗岱却另眼看待。1931年,罗曼·罗兰的父亲去世,自己亦大病一场,闭门谢客。但听说梁宗岱来访,他立刻表示同意接见,还拜托梁宗岱将其新作《贝多芬》和《歌德与贝多芬》译成中文。

甚至,罗曼·罗兰认为中国人和法国人有血缘关系。他读到梁宗岱翻译的陶渊明的"少无适俗韵"时,曾感慨"亚洲没有一个别的民族和我们的民族献出这样的姻戚关系的"。

莎士比亚是世界翻译史上的一座高山,特别是他的十四行诗内涵丰富,语言优美,结构严谨,想象奇妙,让人望而生畏,被称为世界文学的奇葩。作为莎士比亚十四行诗汉译的先行者,梁宗岱自觉提高难度,采用"十二字五拍"的建行格式,即每行十二字的工整格式进行翻译,用字典雅严谨,音调悠扬,节奏鲜明,为探索英语格律诗汉译问题做出了开拓性的贡献。

梁宗岱翻译的《莎士比亚十四行诗》,被收入各种莎士比亚的译本中。

同样作为学贯中西的诗人、翻译家余光中,称其为"莎士比亚十四行诗的最佳翻译"。

不仅如此。

旅欧的阅历、大师的提携、本身的天赋与勤勉，让梁宗岱逐步走向自己的『峰顶』。

梁宗岱（1903—1983 年）

梁宗岱翻译的歌德《浮士德》,虽然只有大半部,但仍被学者认为是《浮士德》译本中最优秀的……

著名诗人、翻译家邵洵美曾在《儒林新史》一书中回忆,梁宗岱"住在巴黎近乡一个工人家里,天天读着歌德的《浮士德》……他对于自己读诗的音调极端赞美"。

1936年,邵洵美主持《新诗库丛书》,将梁宗岱的译诗集《一切的峰顶》选入其中。书名《一切的峰顶》即取自歌德的诗歌。

旅欧的阅历、大师的提携、本身的天赋与勤勉,让梁宗岱逐步走向自己的"峰顶"。

佯醉不见蒋总裁

归国后,年仅28岁的梁宗岱,被胡适聘为北京大学法文系主任兼教授,同时兼任清华大学讲师。

在十几年的教授生涯中,梁宗岱先后执教于南开大学、复旦大学等名校,风头正劲。

但在文坛上,除了才情之外,为梁宗岱挣得大名的,却是他的性情:直率,真诚,傲骨,爱争辩,狂放不羁。

梁宗岱的文学成就,主要体现在诗歌和翻译方面。吴宓曾称赞他为"中国的拜伦"。对此,他却说:"我只有坏脾气这一点像他。"

梁宗岱的名望,曾受到国民党当局的"青睐"。国民党提名他做立法委员,只要挂个名,就可领取每月500银圆的薪金,但狷狂的他断然拒绝。

蒋介石曾多次派人持他的亲笔信,来召见梁宗岱,都被他谢绝。

有一次,蒋介石安排自己的亲信、梁宗岱的同学徐道麟,坐着蒋介石的专车,到复旦大学去接梁宗岱相见。

老同学来了,梁宗岱不好直接拒绝。他心生一计,请徐道麟吃了饭再去。结果,在饭桌上,梁宗岱左一杯右一杯,把自己灌得酩酊大醉。徐道麟只好作罢。

再后来,他干脆辞去教职,退隐于广西百色。

著名汉语诗人、翻译家柳无忌在南开大学时,和梁宗岱同事,他回忆道:"宗岱自视甚高,傲骨峥嵘。"

梁宗岱爱与人辩论,但他的辩论绝不仅是动动嘴皮子,有时一言不合还会拳脚相向。

著名学者罗念生回忆,他和梁宗岱见过两次面。他们就新诗的节奏问题进行过一场辩论,因互不相让竟打了起来。"他把我按在地上,我又翻过身来压倒他,终使他动弹不得。"

在复旦时,梁宗岱与一位中文系教授为学术问题争论直至交手,"两人从休息室一直打到院子当间,终于一齐滚进一个水坑;两人水淋淋爬了起来,彼此相觑一下,又一齐放声大笑……这两位师长放浪形骸的潇洒风度,令一些讶然旁观的学生永远忘不了"。

后人回忆,梁宗岱与美学家朱光潜"差不多没有一次见面不吵架"。他不讲情面地指责他敬重的作家李健吾"滥用名词"。他挖苦梁实秋:"我不相信世界还有第二个国家——除了日本,或者还有美国——能够容忍一个最高学府外国文学系的主任这般厚颜无耻地高谈阔论他所不懂的东西。"

温源宁在书中这样描述梁宗岱:"他辩论简直是练武术,手、腿、头、眼、身一起参加。"

罗曼·罗兰在日记中,侧面描摹了梁宗岱的真性情:"他坚持不受任何文学或政治派系所束缚。"

风流总被雨打风吹去。

壮年之后的梁宗岱潜心于中草药研究。

他那时创作的,只有药品,鲜有文学作品。

1983年,梁宗岱因病辞世。有人说,他留给世界的绝响,是一声低吼。

梁宗岱(1903.9.5—1983.11.6),广东新会人,中国著名诗人、学者、翻译家、教育家。1917年考入广州培正中学,1923年被保送入岭南大学文科,后留学法、瑞、德诸国。曾任教于北京大学、清华大学、南开大学、复旦大学、中山大学等。著有《梁宗岱选集》《晚祷》《芦笛风》《诗与真》等。

本文参考来源:

1.《梁宗岱文集》(梁宗岱,中央编译出版社,2003年)

2.《宗岱的世界:评说卷》(黄建华,广东人民出版社,2003年)

3.《人事固多乖——纪念梁宗岱》(卞之琳,《新文学史料》,1990年第1期)

4.《奇才梁宗岱》(百色市社会科学界联合会编,广西人民出版社,2015年12月)

5.《"精神底自由是最大的幸福"——梁宗岱与罗曼·罗兰》(周颖,《江西社会科学》,2012年第7期)

6.《青年梁宗岱》(刘志侠、卢岚,华东师范大学出版社,2014年)